明日封神

星推官 主编

长江出版社
CHANGJIANGPRESS

漫娱图书

HERE COMES THE CATALOGUE

目录

CATALOGUE

ROUND ONE

封神外榜

哪吒

孙错

李靖

国王辛

千年已过，战役再启！
封神外榜横空出世，诸神再临，
进行一场人气的角逐！

再封神

封神天团初 PICK

孔宣

姜子牙

通天

陆压

谁是实力超群carry全场的**王者ACE？**

谁是雄姿英发迷倒三界的**不动C位？**

谁是神采飞扬拥趸万千的**绝对TOP？**

谁是号令群英挥斥方遒的**强势Leader？**

◆ 这一次，天神哥哥们褪下光环，重新出发，以全新的方式证明自己，夺取属于自己的全新的神名！

封神天团第一届总决选正式开始，快为你pick的男神打call吧！◆

01
哪吒 NEZHA

三千业火惹红莲，我命在我不在天

外号别称
灵珠子、三太子、莲花童子

公司派别
太乙盛世娱乐公司

特长技能
轮滑一级运动员

专属法器
混天绫、乾坤圈、风火轮、火尖枪……

不为人知的小癖好
玩轮滑

个性宣言
我命由我不由天！

02
孙错 SUNCUO

悟百般皆空，战千军不朽

外号别称

小白猴

公司派别

花果山娱乐公司

特长技能

未知

专属法器

未知

不为人知的小癖好

未知

个性宣言

这个人很神秘，什么都没有留下……

03 李靖 LIJING

丹心耀山河，宝塔镇乾坤

外号别称

托塔天王、陈塘关总兵

公司派别

陈塘关街道文娱团

特长技能

建模、金工

专属法器

玲珑宝塔

不为人知的小癖好

搭积木

个性宣言

你爸爸还是你爸爸。

04
国主辛 GUOZHUXIN

江 山 万 里 不 及 你

GUOZHUXIN

外号别称
太子辛

公司派别
皇家国际娱乐

特长技能
王霸之气

专属法器
无

不为人知的小癖好
给美女做心理辅导

个性宣言
狐姬狐姬我爱你，孤的江山都给你！

05 孔宣 KONGXUAN

只羡孔宣不羡仙，颜值撑起一片天

外号别称
孔雀大明王

公司派别
凤凰工作室

特长技能
变身

专属法器
五色神光

不为人知的小癖好
梳羽毛

个性宣言
怎么大风越狠，我心越荡？

06

姜子牙 JIANGZIYA

不 悔 于 行 ，无 愧 于 心

外号别称

姜太公、姜尚、太公望

公司派别

昆仑渔业有限公司

特长技能

捕鱼达人最强王者

专属法器

打神鞭

不为人知的小癖好

吸四不像

个性宣言

你的鱼塘，被我承包了！

07

通天 TONGTIAN

桃李零落皆成怨，我自挥剑向长天

外号别称

通天教主

公司派别

截教国际有限公司

特长技能

收徒弟

专属法器

青萍剑、诛仙四剑

不为人知的小癖好

收徒弟

个性宣言

没有我教不好的徒弟！

08
陆压 LUYA
逍遥天外客，四海任君行

外号别称

陆压道人、陆压散人

公司派别

个人练习生

特长技能

扔飞镖百发百中

专属法器

斩仙葫芦

不为人知的小癖好

迷路

个性宣言

原谅我一生不羁放纵爱自由。

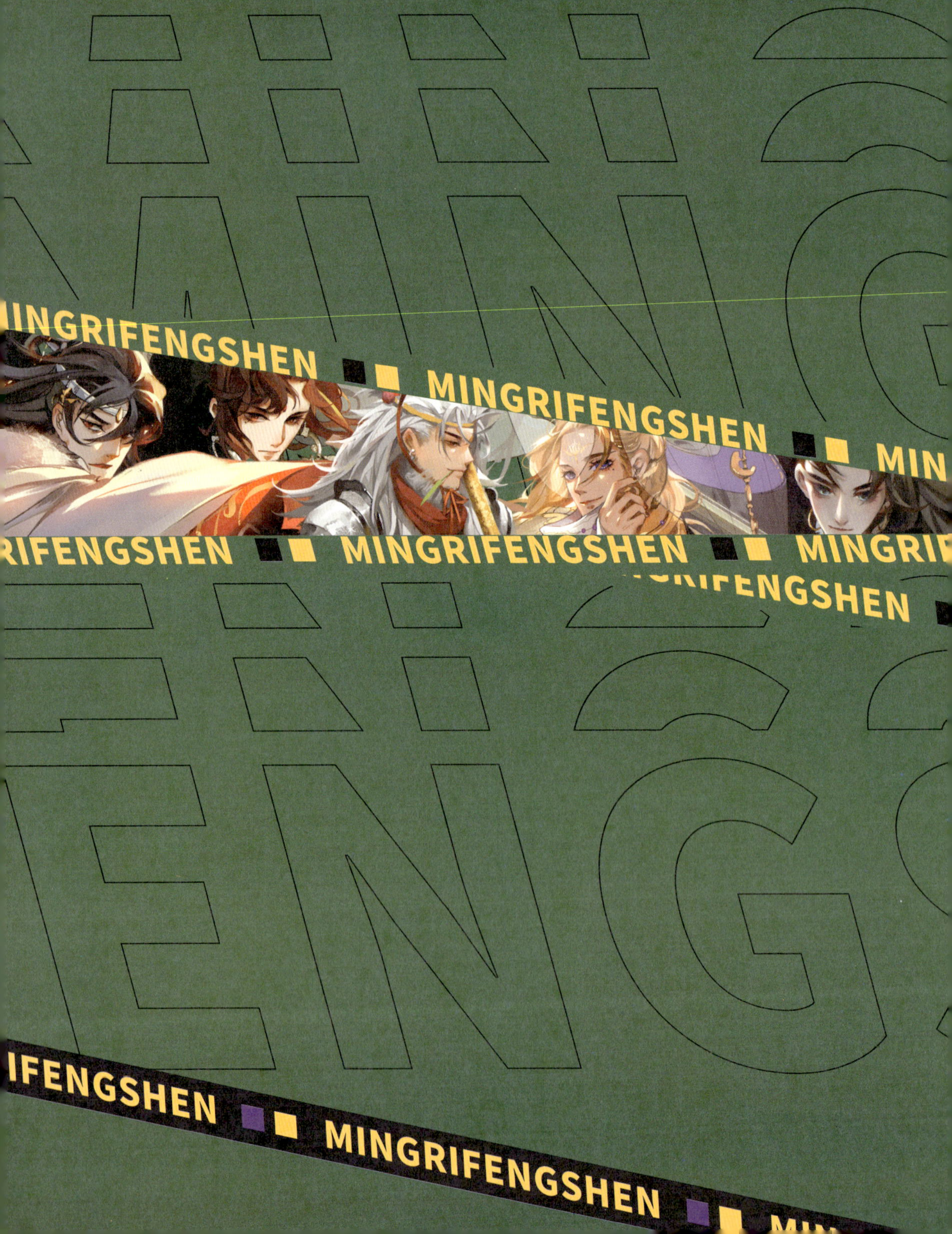
MINGRIFENGSHEN

NEZHA

命定
MINGDING

CAST: 领衔主演 哪吒　　特别出演 敖丙　　友情演出 太乙 杨戬 玉鼎真人

PRODUCER: 钟意你

01

　　东海边上的哪吒，脚踩风火轮，乾坤圈和混天绫缠绕在身后。海浪汹涌，急急切切，如墨的海水掀起滔天巨浪，困于深海的龙族发出阵阵嘶吼，捆龙锁已经脆弱得不堪一击。天边云层也在翻滚，远处泛起金光，普照在整个大地上，高高在上的天兵天将踏云而来。

　　上一次这么大阵仗，是打隔壁的孙悟空。

　　神仙打架不靠武力肉搏，阵法不要钱似的布下，风雨雷电冰球火球一起刷刷刷往下扔。哪吒寡不敌众，偏偏一条小龙冒了出来，硬是给哪吒抗了波伤害。哪吒暗自松了一口气，心道这个兄弟没白交。

　　可打着打着事情有些不对劲，小龙打架和那些天兵一样不讲道理，上来一个大招差点冰封陈塘关，气得哪吒还要抽空朝着他扔几个火球泄愤，大喊兄弟你到底能不能分清敌友？

深海里愈发压制不住的龙啸回答了他的问题，哪吒这才惊觉，眼前的是龙族三太子敖丙，全村希望三太子，不是他一个人的小龙。

即使是生死攸关之际，哪吒也还是能分心想起那年东海边上他问过敖丙，你的愿望是什么？

少年人答："振兴家族，匡扶正义。"

没意思，真没意思。哪吒耸耸肩，难得没有出言嘲讽如此光明伟大正确的回答。这两个和他都不沾边，他生来就是搅天翻地，哪来的匡扶正义。

"你的愿望是什么？"

"我的愿望啊？我希望你能站在我身边。"

哪吒分出三头六臂，一边对抗天雷，一边还要解救陈塘关。看来你我二人，只能有一个人如愿。只是哪吒通天的修为，自始至终没有一分用到那个人身上。

等到哪吒凭一己之力撑起万钧之重的冰穹，火焰消融寒冰，他竟然在敖丙溃败的狼狈脸庞上看到了释怀的欣喜。

小龙化出真身，蛟龙腾海，震耳欲聋的嘶吼里带着歉意："我努力过了，但是我打不过哪吒！我认命。"

随即他站在了哪吒身边，没有一丝犹豫。

天雷滚滚而落，两个人背对而立。

哪吒不记得到底打了多久，只知道最后一道天雷落下，身上缠着一条龙，他摸着断裂的龙角，听他说那句："生日快乐，你的愿望我给你实现了。"

哪吒和他一同闭上了眼。

他的师父太乙真人破阵而入，销了百年修为保二人元神不散。

魔丸和灵珠生来对立，你们二人再不可违背天命。

于是一个被抽去记忆扔进滚滚红尘，一个历经沧海桑田，无能为力。

太乙真人怕爱徒年纪轻轻就想不开，干脆跟着哪吒一起虚度光阴。

太乙安慰人的方式也别出心裁，只要别人比你更惨，你就不算惨。于是哪吒知道杨戬和玉鼎真人的事情，引得天尊震怒。广成子和殷郊的事都不用太乙八卦，哪吒早有耳闻。总而言之就是大家一个比一个惨，如今都在各处历劫，还了那些理不清的恩怨债。

他们倒好，还能找个山头闭关，闲暇之余去练练身手。

哪吒问太乙，人人都想成仙封神，可封神之后呢？照样求而不得，罢了。

说罢哪吒拿起扫帚去扫门前落叶，把被风吹远的那些归整到树下。太乙跟在后面碎碎念："我们是神仙，你见过哪个神仙用手扫地？能不能行了你，该不会教你的全还给我了吧？"

哪吒并未搭理太乙，只是挥动着手中扫帚，等到落叶全部去到应去之处才平静开口："师父，天地万物皆生灵，我们只不过比寻常人物多了一份气运罢了，这落叶本是生灵，来世间走一遭，尽了它的命数，落叶归根，化泥反哺，从哪里来回哪里去。对待这般洒脱通透之物，怎么能用法术草草了事。"

太乙看着混世魔王如今老僧入定，急得直掉头发。刚想说不如我带你下山去喝酒，脑子里灵光一闪，发现事情有了大转机，他掐指一算，喜上眉梢拉着哪吒就往东南方向跳："快走快走，再晚点就来不及了。"

敖丙缺失了一段记忆，像是被硬生生抽走，不留一丝痕迹。他顶着全龙村的希望出海，为的是功成名就之际为家族沉冤昭雪，要是昭不了雪，就搅得三界天翻地覆。他只记得自己犯了滔天之罪，被扔下凡间历劫。收集气运，是他在人间最主要的任务。他其实并没有进轮回道，可千百年来他像是轮回了无数次，每次醒来，全新的身份，不同的人生。

这一次醒来，发现又是一个陌生的世界，他快速接收着塞入脑海中的信息，自己是个 27 岁不知名的小艺人，不久之后有一场选秀，能在那里收集到气运。

这个年纪放在出名要趁早的爱豆圈，已经成了可以被叫作叔的前浪。他在娱乐圈沉浮了快十年，演过戏份最多的角色，是一个网剧里的男八号。娱乐圈里流传着一句至理名言：小火靠捧，大火靠命。偏偏敖丙没捧也没命，糊到出道这么久一直查无此人，白瞎了那张棱角分明的脸。其实不是没人捧，只是他不愿意付出被捧的代价。

不火就不火，敖丙坦然接受了这个有些憋屈的人设，他觉得自己以前肯定认识了什么人，为了认识那个人耗费了毕生的好运，以至于下凡之后的每段人生都不怎样。

凡人做就做了，还要费尽心机掩藏额头上的角。好在现在社会也包容开放，一些奇怪爱好也被大众所接受，比如在头上植对角，或者在尾椎骨安装条尾巴。所以他那对长于秀额之上的银白龙角也算不得太突兀，只是过于玲珑，在光下熠熠生辉，难免让人多看几眼。

娱乐圈有人从底端爬起，那自然也有人一出生就到了终点，比如富二代小少爷哪吒，爹妈住在陈塘关一套中式宅院里，小少爷独自住在超一线城市市中心五百平的房子里，妈妈每天操心要飞去世界哪个角落看展，以及今天能不能买到心仪的奢侈品，偶尔去督察局逛一逛，出手解决一下棘手的三界纠纷悬案。爸爸和每个成功政治家一样，以推动经济发展为己任。

他二十年前被太乙真人拉入人间，进入一个怪异的世界之中，哪吒问了太乙无数次来这里的缘由，太乙只说天机不可泄露，只要哪吒好好享受。小少爷娇生惯养，有点无伤大雅的小任性。

这种任性表现为随心所欲，想到什么就要去做什么，比如不想好好继承亿万家产，心血来潮要去逐梦演艺圈。小少爷自恋地想，自己这么好的条件，不出道做偶像可惜了，万千少女就此失去了一个梦中情人。

　　小少爷兴致勃勃，家里也不想泼冷水，碰巧太乙真人这些年在演艺圈颇有建树，爱徒开了口，哪有拒绝的道理。哪吒也算是有了引路人，跟着师父进了圈。

　　签约的时候又碰到了难题，小少爷看着那些条条款款直翻白眼，说好听点是经纪合约，说难听点和卖身契有什么区别。

　　他两手一摊身形一垮，瘫在沙发上开始神游，留下李靖派来的临时秘书和经纪公司负责人面面相觑，这家公司是太乙真人介绍的业界老牌公司，给他开出的合约也是改了又改的特供版。

　　小少爷不管这些，大不了我自己开公司。小少爷成了公司唯一一个签约艺人，自己成了老板，为了让公司像个样子，还把师父拉来当荣誉董事。

　　下一步要干什么？这着实让人有些犯难，反正也想不出个所以然，小少爷干脆跑路去旅游。其实他完全可以砸钱买个大热 IP 的版权，比如《封神演义》《封神榜》《哪吒传奇》《哪吒闹海》，本色出演，我演我自己。反正千百年过去，曾经到底发生了什么世人也无从知晓。哪吒想过要拍电影，他和封神榜上的那些人亦敌亦友，哪怕是滔天的仇恨过了千百年也都如云烟消散，可和那个人有关的记忆怎么也不能消散。

　　他想想还是作罢，拍什么电影呢，当时没有讲的话，以后也不必再讲了，况且没有人像他，没有人能演他。

　　在外面玩了两个月再次回到公司，小少爷发现前台桌上有一张邀请函，一个平台在举行选秀节目，找 100 个练习生让大家去比赛，最后选十个成团出道。小少爷一看就乐了，不知道是这种选秀节目做了这么多届实在是没有新鲜的男孩子，还是这个平台的工作人员划水不上心，竟然连他这个成立两个月一个艺人都没有的经纪公司也能收到邀约。

再一仔细看内容，节目还有个非常中二的名字，叫"封神男团"。比赛内容也十分中二，不唱歌不跳舞，比法术，比打架，比气运。

哪吒一挑眉，挂在裤子上当腰带的混天绫噌地一下窜出来，捆着哪吒开始跳爱的恰恰，乾坤圈也加入了这场诡异的舞蹈之中，身体力行表达它们的兴奋。

这两个在和平年代沉寂了千百年的神器像是嗅到了同类的气味，勾起了它们印刻在骨子里的好战基因。

到这个时候哪吒怎么可能还不明白，这是场针对他们的特定选秀。

于是他大笔一挥，给自己报了个名。成不成团的无所谓，主要是他想看看背后的人，到底有没有通天的本事，找到那个连他都找不到的人。他看了一下赞助商和成团后的资源，这也太虐了，按理说背后的那几位，不至于混得这么差吧。

他已经开始心疼那些许久没见过面的哥哥弟弟，这是什么人间疾苦。哪吒想了想又追加了一笔投资，吃什么都不能吃苦。

哪吒问过太乙真人这是怎么一回事，就连太乙都说不出个一二三，只能含糊着解释上面可能有大动作。这一世他们的神力都被压制，也就比普通人强了那么一点而已，为了尊重舞台，小少爷在进组前三个月跟着太乙真人进行魔鬼训练。这三个月练下来，小少爷逐梦演艺圈的梦已经醒了一半。太累了，安安静静做个游戏人间的快乐男孩多好。

等到了初评级的现场，哪吒发现在座的全是熟面孔，虽然那些人都已经改头换面面目全非，可由内而外散发出来的神气不会变。更加诡异的是，哪吒发现没有人认识他，大家互相似乎也不认识，这种不认识是脱离了现有肉体，更高层级的不认识。换句话说就是如今的杨戬在大家眼中只是个俊朗无双的人类男子，甚至还能和袁洪礼貌问候。

这很不对劲，不应该是这样。但是别问，问就是不可说的命数。这种众人皆醉我独醒的感受十分微妙，哪吒决定装作毫不知情。

所以当他看到敖丙上场时，硬是靠着混天绫捆住自己，蛮力镇压自己想要冲上去抱人的冲动。哪吒握紧了拳头，乾坤圈在手里硌得生疼，神器感受到主人的波动，饶是怕伤主已经把自己缩到最小，也架不住哪吒要靠自残克制欲望的心。

真的可以吗？他们可以见面吗？哪吒好怕下一秒天雷就要劈下来。

敖丙的容貌有些变化，可他又说不出来有什么变化，原本谪仙一般冰冷脱尘的龙子，眼下却多了一丝专属于人的特质。他的初舞台表演是一段功夫，打斗的时候衣服随着动作撩起，隐约还能看到几块腹肌，只可惜功夫打得不怎么样，动作僵硬肢体不算协调。

哪吒想起来自我介绍的时候敖丙说他是个演员，今年 27 岁。旁边那个刚刚过了 16 岁的弟弟听到这个年纪直接小声叫了一声叔。

小少爷当场就皱了眉，土行孙你有什么资格叫人家叔叔！一点也不尊重人。

敖丙表演完之后就坐在了哪吒旁边，这会儿近距离看这个男孩子，哪吒愈发觉得对方好看，像块美玉。他决定了，既然不认识，那就重新认识，大不了初识一万次，反正他有无尽光阴可以和敖丙耗下去。

本着帅哥要和帅哥做朋友的原则，小少爷决定主动出击。他挪了挪位置坐得离对方更近："叔，我是……"

小少爷气到想捶自己，一向伶牙俐齿的他人生头一遭嘴瓢口误，想去把土行孙揍一顿。敖丙一点也不在意，冲着他笑得真诚善意，完全没有把他当竞争对手来看。

法术组的导师是个看起来光风霁月的大叔，看谁都一副和蔼可亲的样子，可哪吒知道在座的各位没有一个能入他的眼，前面四五十个人上去表演，导师表面笑嘻嘻，背地里烦躁到搓冰球出来给自己降火。

直到杨戬带着三尖两刃神锋登场，导师波澜不惊的脸上才精彩纷呈了起来，哪吒在他身上看到了同样的克制，那种站在珍宝面前却不能立马拥有的克制。

一整天的鸡飞狗跳终于结束，大家的法力被镇压得七七八八，脑子也不太清醒的样子，使出来的法术完全是出于本能，所以神力根本不受控制，场子都被喷出来的火球烧了五六次。

也不知道是小少爷投资到位还是因为节目组良心发现，他们最后没有住传说中的大通铺，严格来说是一部分人没有住大通铺。进 A 班的练习生可以选择两人间或者四人间，进 B 班的练习生可以选择四人间，剩下 CDF 班的学生睡大通铺。

说是这样说，节目组又搞出来一个幸运抽奖活动，CDF 班的人可以抽出两个双人间和两个四人间。毫不意外的，小少爷抽中了那个双人间，他指名道姓要敖丙做室友。敖丙受宠若惊，他想开口拒绝，哪吒直接把他已经铺完的被褥收拾好扔回行李箱，然后扯着人就走。敖丙在周围或艳羡或复杂的眼神中走进精装修双人间。

哪吒现在完全不在意这场奇奇怪怪的选秀到底是由谁搞出来的，目的又是什么，总之自己是沾了天大的光，圆了求而不得的梦。他只想把对方供起来，生生世世感激他给了自己和敖丙共住一屋的机会。

04

哪吒一进房间就没了个正形，踢了鞋子往床上那么一躺，整个人陷进事先准备好的天鹅绒四件套里。

敖丙看着另外一张一模一样的床，捏着床单傻站在原地。过了很久意识才回笼，他不蠢，知道天上不会掉馅饼，也知道这个世界上没有无缘无故的付出。他看得出来这个小少爷家境殷实，哪怕自己买不起，他也知道对方周身都是奢侈大牌，来这里应该纯粹是图个好玩。他在想自己有什么可以用来交换的，随后悲哀地发现自己有的对方不但都有，还好上成百上千倍。

他其实很厌烦和别人相处，尤其是和陌生人，可偏偏对着哪吒，他控制不住自己。像是哪吒手里有一根线，拉扯着他想要靠近。他还不知道，这是宿命。

哪吒并没有发现这么点工夫对方心里已经百转千回，想过了九曲十八弯。节目录制了一整天，期间就发了一次分量少还难吃的盒饭，他饿得前胸贴后背，眼下只想赶紧吃东西。

哪吒从床上爬起来，直愣愣地看着敖丙。敖丙被看得有些发毛，止不住地给此情此景配画外音：不会吧不会吧？这么快？他不累吗？能让我再缓两天做做心理建设吗？

哪吒开口："你会做饭吗？"

"哈？"

哪吒左手握拳右手并拢放在上方，做了个颠勺的动作又重复了一次："做饭。"

"啊？会、会做饭。"敖丙没通告的时候就在家呆着，为了省钱经常自己做饭。

哪吒一听顿时两眼放光，这到底是什么圆梦之旅。他从床上爬起来推着敖丙往隔间里走，敖丙做梦都没想到，隔间的门推开竟然是个厨房，冰箱烤箱一应俱全，更过分的是冰箱还是个双开门，里头满满当当塞满了食材和饮料。

敖丙在完全摸不着头脑的状态中做完了三菜一汤，怎么自己来比赛，还顺带兼职了厨师。小少爷也没说自己的喜好，敖丙只能估摸着来做，他想着比赛期间各种奇奇怪怪的刁钻角度镜头很多，还是要控制一下身材，于是他轻车熟路地做起了轻油轻盐的营养餐。得益于食材非常优质新鲜，菜的味道也不出意外的很棒。

哪吒吃得心满意足，坚定不移地贯彻落实空盘行动，饶是低脂低油，也架不住吃这么多。敖丙反复斟酌了半天，最后还是小心翼翼地开口："崽啊，你可能参加节目不多，就是有很多镜头很奇怪的，你非常好看，特别好看，但是如果不控制的话，虽然很瘦，上镜也会胖十斤的，要不你少吃……"

这世上最遥远的距离，是我站在你面前你不认识我，是我担心怕你出意外，怕你被卷入旋涡之中，而你却是来认认真真搞选秀。

"你叫我什么？"小少爷吞完最后一口鸡胸肉，完美忽略敖丙后面那一大串善意提醒，精准捕捉到开头的那个称呼。

"不好意思，叫顺口了。"敖丙急忙解释。

不解释还好，越解释哪吒脸色越臭，叫顺口了？还这样叫过多少人？小少爷从来不隐藏情绪，直白地问了出来。

"没，就这样叫过你一个人。"因为看你吃饭真的很像看自己养的小猪崽。当然后面这一句他没敢说出来。

两个人混熟了，话也就多了起来。主要是哪吒非常喜欢刨根问底，他像是要把过往缺失的岁月都补齐，于是连敖丙出生的医院都要问出来是哪一个。敖丙当然不能说我是从龙蛋里出来的，只能瞎诌一个医院名出来。

哪吒怎么可能不知道他在说谎，可是看着眼前人躲闪的目光和泛红的耳根，以及说谎时微微颤抖的龙角。说谎就说谎吧，他说什么我都信。

白天拼死拼活地训练拍摄，小少爷吃不惯节目组的饭菜，工作人员说开小灶，小少爷想也不想地拒绝，靠着强大毅力撑到晚上，等着小透明给他做饭。

敖丙做饭，小少爷就倚靠着门框上和他闲聊，问他为什么来参加选秀。

敖丙炒菜的手顿了一下，随后惊讶于自己竟然轻易就能说出那些原本讳莫如深的过去："因为肩负着振兴家族，匡扶正义的使命。"

他说得认真，认真中又带着三分自嘲。敖丙专注于锅里那道辣子鸡丁，没有看见哪吒额头跳起的青筋。

"说起来还要谢谢你，因为你我还上了热搜。"小透明的这句话没有一丝一毫的阴阳怪气，是发自内心地感谢小少爷。

上热搜是因为节目组把他们选房间的片段原封不动放了出去，包括之前小少爷拿了 F 还傻笑，以及他们第一次说话的镜头。加上太乙真人又给添了一把火，不经意间透露了一下爱徒的家底，以及那个刚刚成立老板就跑路去旅游的公司，给哪吒立稳了霸气憨憨小少爷的人设。

哪吒越发搞不懂背后的大佬到底是什么意思，他原本想着是不是天战一触即发，要把他们这些四散在人间的旧人召集回去，可如今只有他兢兢业业备战，其他人踏踏实实选秀。

连带着敖丙也小范围出了一下圈，具体表现为微博粉丝从二十万变成了三十万，之前的那二十万粉丝都是买的，后来的这十万，大概率是活粉，敖丙的微博无论是正经营业还是发日常，最高不会突破五百转发，可毕竟美貌在线，还是有一部分颜粉，眼下突然拥入大量围观群众，敖丙和他为数不多的粉丝都被吓到。

录制期间禁止使用手机，但是每周日的下午有那么几个小时的时间可以拿回手机，敖丙看着暴涨的粉丝内心五味杂陈。他知道这是在蹭热度，虽然自己看上去是被迫的那一个，自己到底怎么想的，谁知道呢？好在善意调侃的人居多，没人真的上纲上线指责他吸血。

节目组乐得炒作他们的兄弟情，霸道年下总裁和默默无闻美强惨小演员的组合赚足了热度，强推可以但是没必要的言论越来越多，杨戬、姜子牙、黄天化等人的粉丝群起而攻之，大有要为正主出头的意思。骂小少爷是不能骂的，承受炮火的就变成了小透明敖丙。

哪吒根本不在意外界的言论，其实他压根不知道外面的血雨腥风，他最纠结的是如何能和小透明分到同一组，并且在下一轮公演的时候选上自己喜欢的舞台。可惜他和粉丝默契全无，哪吒最后也没能如愿以偿，因为粉丝给他投进了法术组，敖丙去了功夫组。坏心情从公布分组一直持续到晚上回房间，小少爷垮着个脸，漂亮的眼睛里都带着怨气。

敖丙有些不理解，这位小少爷对公演从来没有上心过，倒不是说他敷衍，只是人家本来就没想争输赢，享受过程的兴趣大于得到结果，所以在前几次的公演选择上，哪吒一直秉持着"都行我都可"的态度，化身一块砖，哪里需要哪里填，唯独这一次，他对功夫组有种莫名其妙的执念。

哪吒气到晚饭都没好好吃，囫囵扒了几口饭就把碗往桌子上一扔，扔完觉得自己有些无理取闹，又别扭地把碗扶正。

"你为什么这么执着功夫呀，粉丝给你投的法术，放出来也很好看啊。"

"你什么都不懂！"

"你说了我不就懂了。"

哪吒扭扭捏捏了半天，全然没有陈塘关一霸的气势，最后他小声到不行地开口："功夫那一场，最后有公主抱啊，这下你要去抱别人了。"

敖丙千想万想，没想到是这么个结果。他没说什么，只是伸手揉了一把小少爷的头发。

05

到了公演那天，哪吒先表演完去到休息室，然后全神贯注盯着转播屏幕。敖丙他们那一组上台，哪吒一眼就发现了问题，站位不对。敖丙这一场是主咖，可现在站到了副三的位置。整场表演完成度非常高，最后主咖抱着第二位的那个Ending 燃爆了全场，敖丙站在后面给他们当背景板。事情到了这一步还有什么不明了。小少爷一边骂着疯子傻子，一边克制不住地嘴角上扬。

敖丙错失出圈的机会，不过他并没有很遗憾，换主咖之后他们的表演更加完美，大家赢得很漂亮。

尤其是退场之后看到哪吒眼睛都亮了几分，敖丙确信自己做对了事情。

当天晚上哪吒兴奋上头，非要拉着他在房间用饮料瓶当麦克风开一场私人演唱会。观众和表演者都是他们两个人，小少爷拉着他画大饼，说以后两个人要一起演电影演电视剧，还要一起开万人演唱会，敖丙在旁边嗯嗯嗯的附和。

哪吒给他唱歌，少年躺在靠椅里，并未喝酒却满脸通红，他直直地看着敖丙，嘴里哼着上古战歌，跨越无尽岁月，对着遗失记忆的故人唱旧日之歌。他哼到半途，眼睛也是通红。

敖丙听不太懂他在唱什么，声音穿透耳膜却听不真切，敖丙有些介意哪吒看向他的眼神，虽然落在他身上，但像是在看别人。那种眼神里饱含信任与怀念，似乎哪吒看向的是曾经一同并肩作战的生死挚友，是谁也无法替代的世间唯一。这种眼神让他心里无端生起一股醋意，他的心扑通狂跳，大起大落，听到歌时的那种欣喜雀跃已经变成心酸嫉妒。他迫切地想做些什么，无论做些什么，他想要哪吒停下来。

于是美玉般的少年上前一步，压上了全部身家向哪吒发出致命邀请。

他说："你要不要摸一下我的角？手感很棒的。"

少年说完这话，眼神开始飘忽不定，龙角也配合着抖动两下，楚楚可怜。

哪吒一瞬间被钉在原地，他想起东海的日子，同样的对话。

06

他像个甩不掉的尾巴一样跟在敖丙身后："敖丙！我可以摸一下你的龙角吗？"

"滚。"

"求求你了，就一下，我没摸过龙角，什么手感啊，你就让我试试呗。"

话还没说完，两人已经开打。

他其实是摸过龙角的，在那场所谓替天行道的大战里，一条蠢龙替他扛了雷霆之击。对方漂亮的龙角和脸都灰败不堪，他伸手拂去龙角上的血迹。

等到手心传来奇异触感，哪吒才清醒过来。敖丙握住哪吒的手抚上沁凉如水的龙角，两个人皆是浑身一颤，敖丙的反应比想象中的更剧烈，痒意由龙角瞬间传遍全身，随之而来的是钻心般的剧痛，他松开哪吒的手抱头倒在床上，整个人陷入混沌之中。

敖丙像幽魂般飘荡，穿越万千世界，看见一世又一世的自己，越往前走，头越疼，他像是终于触碰到缺失的那一部分记忆，可是就在他即将打开盒子之际又被人拉回现实。

敖丙睁眼的那一瞬间，双眸透亮，懵懂无知。像冰山雪莲，又似深海明珠，未沾染分毫情绪，这样的双眸转瞬即逝，随即又是哪吒看惯了的那一种，隐忍，克制，仇恨。

可睁眼不过三秒，敖丙又陷入昏迷之中，任凭哪吒使出浑身解数也叫不醒梦中人。

哪吒心想要不就这样吧，不要记起来了，什么都不要想起来，在人间能和敖丙走这一遭还有什么遗憾呢？怎么能对凡人唱神之陨落的歌，怎么能扰乱他心智。

可他有什么办法呢？那些无法随风消散的过往，只有他一个人记得。他没办法，只能叫来师父太乙真人。在等太乙的间隙里，哪吒又想起过往岁月。

太乙姗姗来迟，看着床上困苦的敖丙默默叹气。

"你是不是摸人家龙角了？"

哪吒点头。

太乙真人狂怒："手怎么这么欠啊你？你这么多年的难过，为师心里都知道，那我冒着遭天谴的风险帮你圆梦，你就是这样对我的？你这个逆徒！"

哪吒心想那也不是我主动摸的，我都拼命克制了，可我架不住敖丙主动啊！

于是他顶嘴："差不多就行了，别把功劳都往自己身上揽，你说这个秀是你一手策划的，你良心不会痛吗？别以为我认不出来法术组的导师是玉鼎真人，他可没少和杨戬互动，还有那谁谁谁和那谁谁。"

太乙真人气到想打人，好在哪吒得了便宜会卖乖，立马认错："但是师父的用心良苦我都懂，我们大家，各有各的命数和劫难，我也没去干扰人家。师父和师叔伯们辛苦了。"

顺了气的太乙真人看了眼颇有转醒态势的敖丙，凉凉地开口："没救了，等着再和上面打一架吧。"

这像是一个死循环，魔丸和灵珠势不两立，可哪吒和敖丙天生绝配。无论外界如何干扰，他们终会相遇。于是就在这周而复始的逆天改命之中，他们对抗，被镇压，被流放，可他们还是会再次相遇，冲破神的束缚，找寻属于自己的记忆。

他陪着敖丙跌落红尘之中，但并不是每一次都能幸运地找到人，相逢的次数少之又少，毕竟人的一生短短数十年，在神看来不过弹指一挥间。像这种不但能见到，还能有交集的次数更是屈指可数，基本上都是靠着太乙真人帮忙作弊才能圆梦。

龙有逆鳞，龙有珍角，不可碰，除非龙心甘情愿。

在漫长的岁月里哪吒已经学会妥协，何必在意敖丙记不记得自己，不记得又何妨，大不了初识一千次，一万次，只要不碰他的角，只要不让他陷入记忆深海。

床上的敖丙已经醒了过来，眼神中再无常人的懵懂怯懦，两人视线交融的那一刻，分明从对方眼中看到了同样的讯息。

天命不可违，可我偏要违。

◁ ▶　END

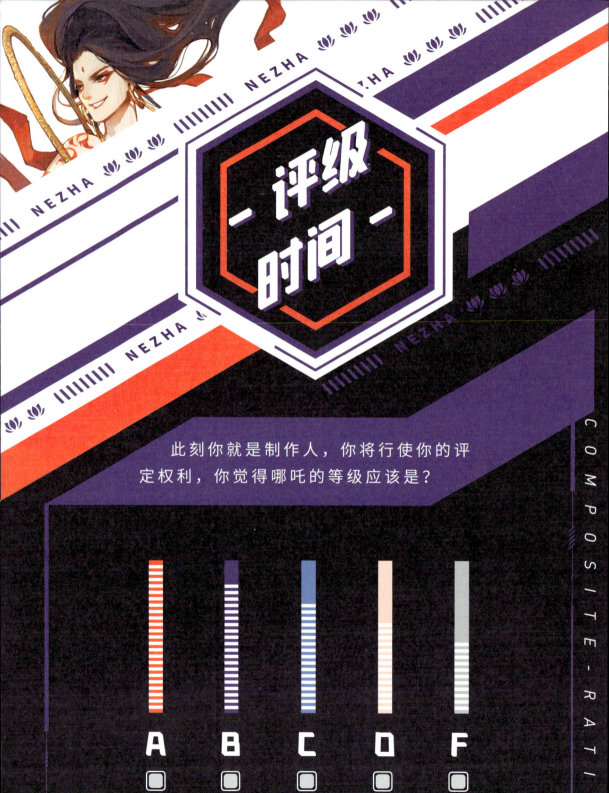

- 评级
时间 -

COMPOSITE-RATI

此刻你就是制作人，你将行使你的评定权利，你觉得哪吒的等级应该是？

A   B   C   D   F

封神男团吃瓜小组

 每天想吃藕　　2020-10-21　　11:36:35

一觉睡醒房子塌了，我们藕霸怎么可以！！！

呜呜呜儿子长大了，要交朋友也行，可是为什么是敖丙！！！

呜呜呜突然发现敖丙也挺帅的，行吧，我允许你们是最好的朋友了。

回应　转发　赞　收藏　赞赏

最赞回复：

全三界唯一土行孙粉：对不起我火星了，哪吒怎么和敖丙成好朋友了？他们不是死敌吗？扒皮抽筋什么的龙族不管了？水淹陈塘关也没事了？这可是血海深仇啊！

藕霸就是最棒哒：嘻，他们自己都无所谓了，旁观者就不用说什么了吧，交朋友嘛，快乐就好啊！

路过的一头四不像：呃……真的路过，我看着两人看着挺好呀，是真的好朋友吧？

是丙不是饼：回复楼上，没错，是真的！

风起碧游

CAST: 领衔主演 孙错　特别出演 大圣　友情演出 哪吒 杨戬 陆压

PRODUCER: 北邙

 01

哪吒坐在山巅的大石头上，看着山下的浓烟火海。

他没有说话，就这么静静地坐着，乾坤圈和混天绫都解了下来，放在一旁，火尖枪斜斜插在身后地上，清俊如莲的脸上没有丝毫表情，不知道在想些什么。

远处林间，偶有两声犬吠。

山下火光正烈，惨叫声、厮杀声、树木燃烧噼里啪啦的声音……不绝于耳，哪吒却好似充耳不闻一般，唯有这两声犬吠，让他从沉思中惊了一惊，像是回过神来。

眼前，密林森森，不见人影。

哪吒却忽然叹了口气。

"事情解决了？"

他对着眼前空无一人的树林问道。

林中寂静半晌，缓缓传来声音："那泼猴已经伏诛了，西天如来佛祖亲至，将他压在了五行山下，受五百年风吹，五百年日晒之苦。"

哪吒笑了笑，可眼神却冷了几分："西方教的尊者……当真厉害得很。"

犬吠声越来越近，阳光斜照，不一会，从林中走出一名金甲披风的昂藏神将，五官俊朗，眉心正中一只竖目，湛然生光。他的身后跟着一只半人高的黑犬，亦披金甲，神色凶恶，仿佛择人而噬。

"西方教的神通，颇有奥妙之处。当年若非准提、接引两位道人，只怕你我都要丧命于诛仙、万仙大阵之中，连太公都难得幸免。如今灵山正果的尊者，法号如来，神通不在当年接引之下，他既出手，那猴头自然不在话下了。"

杨戬上前两步，走到哪吒身边，也随意坐在大石之上，看向身前山下的火海。

哪吒忽道："前两日我不在南天门，听说被那猴头只身一人，杀进了通明宫中，直闯到灵霄殿外，最后还是天庭五百灵官之首的都天王元帅出手，又请了雷部三十六将来，才把他围困拦住？"

"不错。"

哪吒摇了摇头，轻笑两声。

"王元帅是雷部佐使，应化天尊，后调来的又是雷部三十六将……你那位舅舅是下定了心，放着天庭的脸面不要，也要逼老太师出手啊。"说着，哪吒若无其事地轻轻拂过身边的混天绫，抿了抿嘴，"否则的话，就凭那猴子的本事，别说通明殿了，再来十个，也破不了南天门的分毫，你说是不是？"

杨戬神色不变，只淡淡道："单打独斗，他尚不是我的对手。"

"这便是了。"哪吒拍了拍手，"那后来呢，都逼到这份儿上了，老太师身为雷部之主，总得出个面吧。"

杨戬却摇了摇头。

哪吒不由奇道："都到了这般田地，老太师还坐得住？"

话音刚落，他忽然伸出手，拍了一下自己的脑袋："也对，若是坐不住，他也不是当年那个纵横朝歌无敌的闻仲闻太师了。他们碧游宫门下，一个个都是这种邪门的——"

听到"碧游宫"三个字，杨戬的脸色微变，忽然截断了哪吒的话头："休得胡言。这等禁词，切莫再说出口，平惹事端。"

哪吒吐了吐舌头："在这地方，天知地知，你知我知，又有什么关系。"

"终归麻烦。"杨戬叹了口气，目光投向山下，"你这儿怎么样了？"

"还能怎么样？"哪吒懒懒地打了个哈欠，"奉陛下旨意，剿灭妖窟花果山，寸草不留，一只妖孽也不准放过。"

说着，他歪着头，用手托着下巴，轻轻哼了一声："没了那猴头，这帮小妖不过乌合之众罢了，我让这三千天河水军平推下去，只要再半日，就能回去交差了。"

杨戬点点头，一时无言。

山下，腥风挟裹着火气，原本清幽钟灵的花果山水帘洞，人间洞天福地，如今已经变成了血杀修罗的炼狱战场。

无数藤甲刀枪的猴妖尸首，挂在树梢上，倒在石头边，断肢残躯几乎把清澈的溪流染成了深红的血色。殊为可怖的是，不少猴妖的姓名都在多年前从生死簿上一笔勾销了去，因此哪怕他们被削掉了脑袋，或者只剩半个躯干，仍然用手抓着泥土石块，如同死而不僵的妖尸一般，挣扎着向银盔铁甲的天兵天将扑杀过去，唯有被跟在军阵后头的那数十名地狱的勾魂使者用转轮盘收了魂魄后，才终于抽搐两下，猴身倒在地上，再也不动了。

火光烧遍了大半个山头，这个被天庭默许的人间地狱，终于即将迎来了尽头。

山林最深处，一只白毛小猴蜷缩成一团，躲在树后，瑟瑟发抖。

他的眼睛眨巴着，惊恐地看着眼前的一切——

曾经最疼他的芭将军，那只足有两三人高的健壮老猴，身上被插了四根长矛，钉死在了悬崖边上；

前几日的玩伴，那几只黑毛金发的小猴崽，被大火吞噬，烧成了焦炭，还有两只挣扎着在地上爬动，已然看不出猴形，却仍在痛哭求饶；

家里的叔叔伯伯，有的被吊在了半空中，剁去了手脚，有的被斩下了头颅，踢进山涧里；

就连那位地位最尊的长老爷爷，也扔下了拐杖，拿起了锈迹斑斑的刀枪，嘶吼着向对面穿着银甲的巨人冲杀了过去，却被一刀砍掉了半个脑袋。临死之前，趴在地上，哀声哭嚎，声色凄厉：

"……大圣，大圣……"

"为何一去不回啊！！！"

血和火混杂出的光影，照在了白毛小猴的瞳孔里，他呆呆地张大了嘴巴，看着眼前如同地狱一般的景象。

而挡在他面前的，是一只已经断了一只胳膊，本该早就死透，如今却仍然流涎扑咬的白毛母猴，此时她双眼尽赤，形似疯癫。

母猴边上，三四个天兵各自负伤，正在低声咒骂，却也一时不敢攻上前来。

"妈……妈妈……"

白毛小猴颤声喊着，鼻涕和眼泪糊成一团，可他甚至不敢伸出稚嫩的小爪，去碰一碰这个即使死了，也挡在他面前替他拦住追兵的母亲。

身前林中，忽地闪出一个极高的白色身影，手持玉盘，念念有词。

"无知妖族，阳寿已尽，为何痴念不散，莫非真要化作孤魂野鬼，才知悔之晚矣？"

白影指诀一挥，点点荧光，便从那白毛母猴的身上散出，好似回光返照一般。她的身子渐渐瘫软下去，目光却恢复了片刻清明，缓缓回头，痴痴地看了白毛小猴一眼，嘴唇翕动，似是无声喃喃：

"快……快跑……"

白毛小猴终于"哇"地一声，大哭了起来，从树后冲出，紧紧抱住了濒死的母亲。

可母猴的身体渐渐凉透，不过数息，便已经闭上了眼睛。

对面林间，那几名披甲军士对视一眼。

"终于把这只疯了的母畜生解决了，临死了还在老子的胳膊上咬了两口。"

"干完最后这只小的，兄弟们终于可以回天庭交差了。"

"不错，杀得手都软了，可要好好回去放松放松……"

嘴里说着小猴听不懂的话，三名天兵缓缓走来，对着小猴，高高举起了手中的长枪。

这一刻，小猴心中没有恐惧，脑海里只有一片空白。

——像是族人、爷爷、母亲、伙伴……他们都去了一个很遥远很遥远的地方，只把他孤身一人地留在了这儿。

而现在，他也终于可以去找他们了。

白毛小猴抬起头，呆呆地看着枪尖寒芒。

忽然，天地之间，锐风扑面，无端而起。

山巅林中，火光闪动。

哪吒猛地抬头，乾坤圈混天绫几乎同时一跃而起，跳到他的手中，他反手抓起身后的火尖枪，目中厉色一闪而过。

"什么人！"

身侧的杨戬也长身立起，印堂间的第三只眼陡然张开，发出锐利金光。

哪吒正要反手持枪，飞至半空，忽然手腕被杨戬一把抓住，转头看去，只见他三目闪烁，面色铁青："是高人，你我不是对手。"

哪吒却是不信，身子一抖，顿时化作三头六臂，神通法相，巍然屹立，冷哼道："二郎，你怎么越活胆子越小了。当年伐纣之时，三山五岳众多奇人异士，你我怕过谁？如今修为大成了，反倒这般谨小慎微——我倒不信了，合你我之力，都斗不过的人，莫非是那通天教主复活？还是老君骑牛亲至？"

哪吒正要再说，忽然杨戬暴喝一声："闭眼！！"

几乎同时，哪吒颈间汗毛竖起，某种从未有过的生死大险的本能预感让他不假思索，便立刻闭上了眼睛。

眉心间，一点寒芒冰冷，侵入骨髓。

哪吒识得此物，愣了一下，不由苦笑道："原来是陆压前辈到了。我们不动便是，这斩妖飞刀可不是闹着玩的，且先收了如何？"

山风拂过，未听人言。

不知过了多久，杨戬忽道："走了。"

哪吒这才缓缓睁眼，惊魂甫定，四下看看，忽地有些怒道："这个陆压前辈，好不晓事，怎么说当年也是一起讨伐过朝歌的情谊，千年不见，忽然现身就是这么一飞刀，二郎，别人不知道，你可是亲眼见过的，那时候一气仙余元何等张狂，是真的金身不灭，肉躯成圣，任凭太公刀劈火烧，奈何不了他分毫，不比那老君炉中的猴子胜得多了？可一句'宝贝请转身'，被这斩仙飞刀砍下了脑袋。我们这是如何招惹他了，动用这般厉害手段来吓唬我们？"

杨戬的脸色却阴沉得几乎能滴出水来。

此时山下一名天兵急报而来："三太子！刚刚剩下最后一只白毛猴妖，我等正要铲除，却被一个背着大葫芦的怪人打飞，带着猴妖跑了！"

哪吒"咦"了一声，转头看向杨戬："莫非陆压前辈和这花果山有旧，所以特地出手，保下一支血脉？"

杨戬摇了摇头，脸色更加难看了几分。

哪吒觉察不对，挥手驱走天兵，才低声问道："二郎，怎么了？"

杨戬默然许久，才低低叹了一口气："走，跟我回天庭，将此事立即报于玉帝。"

哪吒不由笑道："你这灌江口二郎神，向来听调不听宣，几百年难见你回天庭一次，这次怎么急着回去了？"

杨戬苦笑一声。

"三太子，你有所不知，这陆压道人……应该早就死了才对。"

哪吒怔了片刻，不由惊道："何时之事，我怎么从未听说过？"

"三百年前，玉帝亲自下的旨意，暗令诸天星宿，水火雷瘟四部，连同七元九曜一并出手，由东极青华大帝统领，诛杀散仙陆压于海外绝域，大荒原上。我当时也在场，亲眼看到陆压被团团围住。双方大战了三天三夜，几乎把一整座山脉都削得断了。"

"后来呢？"

"后来？嘿……陆压再厉害，能是百八十位大罗金仙的对手？一葫芦的斩仙飞刀，几乎断了干净，钉头七箭书无暇施展，最后以大野罡风的禁术殊死抵抗，落得了个身死道消，魂飞魄散，尸首坠入深海之中的结局……永世不得超生了。"

 02

白毛小猴睁开眼的时候，发现自己躺在一张玉床之上。

窗外，熙熙攘攘，人声鼎沸。

他爬起身来，只见一名背着大葫芦的道士盘膝坐在窗边木几之上，双目微阖，好似入定神游一般。

片刻的茫然之后，回忆如同潮水一般涌入他的脑海。

虐杀、屠戮、燃烧的树林、死去的亲族……无数痛苦的哀号在他耳边回荡，可举目四顾，窗外阳光正暖，平静祥和，仿佛一切都只是一场噩梦罢了。

正发呆的时候，那葫芦道士却缓缓睁开眼睛，看他一眼，道："醒了？"

白毛小猴点了点头，本能地往后面床上缩了缩身子。

"不用怕，到了这儿，你就安全了。"道士站起身来，指了指桌子，"肉脯茶点，饿了就先吃些，不够再让他们加，你先什么都不用想，好好休养片刻便是。"

"你……你是什么人？"

白毛小猴张了张嘴，心中有千言万语，无数疑问涌到嘴边，可最后只小心翼翼地问出这一句话来。

"贫道一介散修，你唤我陆压道人便是了。"

"那、那这儿又是什么地方？"

陆压摇了摇头："先别问，以后你就知道了。"

话音刚落，房门忽被推开，一名彩衣少女翩然而入，见了陆压道人，吐了吐舌头，道："仙长，我家大师伯请您入宫一叙。"

陆压点点头，往门外走去，到了门口，又回头对那少女道："我同多宝道人演法，许有月余不得出关，这小友便交由你来照顾，切莫轻慢于他。"

少女笑嘻嘻地应道："知道了知道了，我就把他当亲弟弟一般来看，好不好？"

"鬼灵精。"

陆压摇了摇头，自顾去了。

那白毛小猴听了二人对话，愈发不安起来。

他自开启灵智以来，便已知晓，当世正是人伦昌盛，仙家香火传承延绵的盛世，妖族被驱逐山野荒原，不容于人间。莫说修道之人，就连是普通人类，等闲见了妖怪，也敢三三五五结群打杀了。而反之，若是妖族敢去吃人，则免不了天庭一道兵符，各路荡魔元帅、降魔天尊齐出，把妖物毁家灭族，剿灭干净。

不说别的，就那日率兵剿灭花果山、号称天庭荡魔大统领的哪吒三太子，五岁时贪玩，一箭射杀了石矶娘娘的大弟子，石矶娘娘找上门来，反遭太乙真人九龙神火罩，一句笑谈"你们师徒命中该有此一劫"，将她当场烧作飞灰；八岁时又杀了东海龙宫三太子，将其挫骨扬灰，扒皮抽筋，可后来呢，四海龙王震怒，却还是被天庭轻轻松松地压了下去，甚至太乙真人借机度了一道哪吒的生死劫，将他重塑青莲法身，神妙无穷。

到了如今，四海龙王再上天庭述职，见了贵为三坛海会大神、天庭荡魔大统领的哪吒，怕不是要毕恭毕敬地跪拜行礼，称一声"上仙"了。

为什么？

不过是因为龙族亦是洪荒异种，被仙家亦视作妖身罢了。

他身为猴妖，花果山满门被灭，不知为何自己被掳到了这个地方，心中本已惴惴，眼前这名少女和那陆压道人，却又对他和善可亲，浑然不将他视作妖族看待，他心中不喜反惊，不知道对方究竟在耍什么手段。

那少女见白毛小猴坐在床上，也不说话，只是脸色阴晴不定，似乎颇为畏惧，不由笑道："喂，你叫什么名字？"

小猴被她这么一喊，吓了一跳，忙道："我，我没名字。"

"没名字？那也不稀奇，你们这些三山五岳自感通灵的野妖，总是不成体统，以后要学的还多着呢。"

那少女嘻嘻笑着，坐了下来，随手拈起一块枣糕，放入口中。

明明她话中将白毛小猴称作"野妖""不成体统"，似乎颇为不善，可语气中没有任何敌意，反倒让白毛小猴觉得，从她口中说出这几个字来，便好比是见面问好一般寻常。

"那，那你叫什么名字？"白毛小猴壮起胆子问道。

"我叫菡芝。"少女又倒了杯茶，自顾喝了，没有半点吆喝招待小猴的意思，"陆压道长说了，让你这月余时间里，有事都可以找我，你就安心在这儿住下，想看什么想学什么，跟我说一声，别乱跑，省得迷路。"

"学什么？"白毛小猴有点迷茫。

"对啊，这儿可大着呢，看你对什么感兴趣了，金系的可以去北边三仙岛找三霄娘娘，她们是我的授业恩师，功法可厉害了，如果运气好的话，甚至还能遇见她们的师兄赵公明，要是大师伯他愿意教你一招半式，可够你修个几十年的；木系的问我就行，要是觉得我不厉害，就去旁边找九龙岛四圣，不过可小心点，他们的坐骑可都吓人，我上次就险些被王魔道长的狴犴咬了一口，听说狴犴还不是最凶的，李兴霸道长的狰狞更厉害呢。"

菡芝挥舞小手，像是聊八卦一样，说得眉飞色舞。

"水系的普通法术会的人不少，厉害的得看运气，教主的随侍七仙之首，乌云仙是最顶尖的宗师，别听他只是随侍，可真打起来，教主的四大弟子也不过跟他伯仲之间。火系的就简单啦，东边火龙岛的罗宣岛主，诸般火属妙法天下无双，你找他拜师就行；土系的得去远一点，九龙岛的吕岳道长是双修，你去之前得备好草药，他那儿遍地瘟瘴，奇毒无比，可不是闹着玩儿的。

"至于除了这五大类之外，你还想学什么旁门奇技，剑诀心法，都可以去寻师访友，金鳌岛的十天君，骷髅山的二仙人，魔家四位元帅……都很热心的。

"不过我看你年纪还小，最好不要贪多务得，还是从基础打起比较好，要是什么都想学，什么都不沉下心来练，可就白白浪费了陆压道长送你过来的一片苦心了。"

菌芝说个不停，白毛小猴却好似听天书一般，这种种五行妙法，奇门剑诀，各路听名字就厉害极了的高人宗师，竟然像是不要钱一般随处可见可学？

要知道当年他们的大圣爷，为了求一门长生法，不惜远渡重洋，辛苦数年，才拜了一名隐士为师，学了些许神通罢了。

他忍不住问道："你说的这些……我真的都可以学吗？"

"当然了。"菌芝一副理所应当的样子，"教主早就说了，三山五岳，有教无类嘛。你有心求学，我们自然教啊。"

"那这儿，这儿到底是什么地方？"白毛小猴越发觉得自己像是在做梦一样。

"……"

菌芝的嘴张了张，像是说了什么，可白毛小猴却一点声音都没有听到。

见他傻乎乎的样子，菌芝皱了皱眉头："哎呀，你这么好奇，出去看看不就都知道了？"

说着，她走到床前，抓住白毛小猴的手腕，也不顾小猴的害怕挣扎，就这么将他拖出了门外。

站在门口，白毛小猴本还有些畏惧，可见到了外头世界的第一眼，眼睛就瞪大了。

门外，一座座巨大的岛屿漂浮在云端虚空之中，各作五彩，上有宫殿庙宇，不一而足；数不清的奇禽异兽翩游在云海之中，上下翻腾，如龙如蛇，如鲲如鹏；最中间的一座主岛之上，一眼望不到头的青砖广场，白玉雕柱，琳琅声还，只怕不下千万人汇聚其上，四下曲折回廊，仙乐声飘，处处可听吟诵争论之声；更有市集叫卖，斗法演道，偶有经空长练，掠过云端，如影留痕，足见仙家精妙手段。

"怎么样，厉害吧。"菡芝得意地一笑。

白毛小猴没有说话，过了半晌，肚子却忽然咕噜叫了一声。

他眨了眨眼，慢慢转过头，可怜巴巴地看着菡芝，小声道："菡芝姐姐，我……我饿了。"

 03

"你所言当真？"

"皆为我和哪吒亲眼所见，无一虚言。"

"你二人可曾见了那陆压本相？"

"未曾，只有杀意如沸，我二人被斩仙飞刀定住眉心，不敢睁眼。那飞刀生有眉目，若与它对视，只需陆压念动法诀，我二人如今已不在了。"

"散仙陆压？嘿嘿……散仙陆压……"

"陛下，若无他事，杨戬先告退了。"

"且慢。"

"陛下何事吩咐？"

"传令下去，十万天兵，南天门外集结，听我号令。"

"陛下，为何……"

"给我翻天覆地，也要找出陆压……和三百年前被他偷走的那件宝物的下落！"

没过多久，白毛小猴便和菌芝混得熟了。

他仍然不知此处究竟是什么地方，偶然问过两次，可菌芝也不回答，只张张嘴，却一个字都不说，他便以为是什么禁忌，不便告知于他，就不再问了。

起初的时候，他被菌芝带着，一个岛一个岛地去做客游玩。

群岛立于云海之端，大神通者可以遁术穿梭，或是御剑飞行，菌芝自称勉强可以驾驭法宝，但是带不得猴儿，所以只得乘着竹筏，来回遨游。

此地物产丰饶，颇多天灵地宝，甚至比那称作洞天福地的花果山更胜数筹。除此之外，更让小猴惊喜的是，十方妖族、诸般精怪多汇聚此处，切磋交流，修炼比试，他区区一只猴妖，莫说躲闪了，便是融入其中，也好比滴水汇入大海，毫不起眼。

菌芝也不嫌累，终日带着他这儿走走，那儿逛逛，碰到问他来历的，菌芝便说是陆压道长带来的贵客，那陆压似乎在此地名气极响，大多人听了他的名字，都会哦哦连声，对着小猴的语气也连带着客气了起来。

就这样，不过短短数日，借着陆压的名气，二人倒是收了不少见面礼，或是仙丹，或是法器，虽说不是什么上品，可对于小猴来说，已经是从未见过的厉害宝物了。

最让小猴开心的是，在金鳌岛上的时候，他还偶遇了一个骑着黑豹的怪人，那怪人笑嘻嘻地从背后唤他："小道友，请留步。"等他回头之后，那骑豹的怪人拉着他的手，给他相了半天的面，最后得知他还没有名字的时候，兴高采烈地大袖一挥，屈指算了片刻，给他赐了一个名字：

"错"。

怪人说，这是一种打磨玉石的石头，就像小猴一样，本是朴石，唯有历经磨难，百错成金，才能得大成就，大业报。

小猴很喜欢这个名字，他说，他跟着大圣爷姓孙，从此之后，他就叫作孙错了。

菡芝却似乎对这个名字不太满意，背地里嘀咕了很久，她说，那个骑着豹子的就是个大骗子，根本不是他们这儿的人，让小猴不要信他。

小猴对菡芝自然信个十足，连带着也便不再信那骑豹怪人了。不过他很珍惜自己的这个名字，他说这是他第一次有名字，也是第一次有人送给他一个名字，几次三番之后，菡芝也便由得他去，任由他这么自称了。

就这样，小猴和菡芝在岛上不知不觉便玩了月余光阴，却始终不见陆压道人出关。

又过数日，菡芝才收到一张字条，正是陆压亲笔所书，说他外出云游，修炼道法去了，让小猴安心住在这儿，潜心修炼便是。

小猴与那道人也只有数面之缘，虽然性命为他所救，但要说亲近，反而远远比不上菡芝了。因此见了纸条之后，倒也没有多少难过，反而定下决心，开始求教起了适合他修行的神通妙法起来。

对于他来说，还不明白什么是仇恨，也不明白什么是愤怒。

可他很害怕。

他总觉得，虽然在这里生活得很开心，可他仍然不属于这里，他还是要回去，面对属于自己的命运。

他始终记得那一天，他的故乡，他的族人，他的母亲，被那一把来自天庭的火，烧得干干净净。

他有一种古怪的预感，那团火还没有熄灭。

——只要他还活着，总有一天，那团火会带着天庭的雷霆震怒，裹挟着十方神佛的慈悲和威压，再次无可阻挡地倾泻到他的身上。

就像如何杀死他的母亲一样。

05

没过多久，三界之间，便开始了一场震动。

起初的时候，人们以为是那只号称齐天大圣的猴子大闹天宫之后，引来了天庭震怒，于是准备挥兵妖族，血洗魔界。

一时间，所有妖魔精怪无不严阵以待，各自警惕。

可是很快，他们就发现，事情好像并不是他们想的这样。

每天，十万天兵都从南天门出征，可他们没有要打谁，也没有去做什么，反而只是终日在三界六道中轮回游荡，仿佛在寻找着什么东西。

没过多久，一则传言开始沸沸扬扬地在所有妖族中口耳相传起来。

据说，这次天庭倾巢而出，不是要打仗，而是要找人。

玉帝下了圣旨，不惜一切代价，也要找到千年前的那名叫做"陆压"的散修道人。

而这陆压道人的身上，藏着一个足以颠覆三界的巨大秘密，和一个天下无敌的至尊法宝。

06

岛上的生活，无忧无虑，小猴很多次恍惚间都以为自己重新回到了记忆里的花果山中，没有天兵，没有战争，只有快乐和自由。

可是，每当他这么想的时候，总会有一个噩梦，如影随形地缠上他。

火光，血肉，残肢，化作妖尸的母亲。

"快跑……快跑……"

午夜梦回，他每次从噩梦里惊醒的时候，都发现自己的后背，早已被冷汗渗透。

不知道是因为对噩梦的畏惧，还是出于某种本能的驱使，他开始勤修苦练起来。

岛上的天材地宝，应有尽有，在菌芝的指点下，他很快步入了修行的大道之中。

山中无甲子，这方小天地里，更无寒暑之别，只有日复一日的安宁祥和。

很快，就连小猴自己都忘了，他究竟来到这里多久了。

他只记得，自己修行路上的一步又一步，吃了多少苦，受了多少难，从一个什么都不懂的山野妖族，渐渐成长成了如今的少年模样，当他站在玉池台边，看着水面倒映出的自己样子的时候，竟依稀有了几分记忆中大圣爷意气风发的影子。

他的修为越来越深，肉身也锤炼得越来越强横，而菌芝也渐渐从一个明眸皓齿的少女，出落成了一名玉肤胜雪、眉眼动人的仙家宫娥。

渐渐地，没有人再唤他"白毛小猴子"，岛上的仙家也罢，妖圣也好，都开始唤他的正名"孙错"。

光阴如隙，岁月如梭。

就在孙错自己也以为，他可以就这么在岛上静静地修炼一生，不再过问人间之事，也不再畏惧天庭追捕的时候，岛上的安宁和祥和，终于被打破了。

孙错永远不会忘记这一天。

一个鹤发童颜的老者，身披铠甲，坐在昂藏雄壮的墨玉麒麟之上，背负钢鞭，神威凛凛。

"诸位道友，西岐姜尚，欺我朝歌太甚，闻仲祈请各位仙家大贤，助我一臂之力，也好让那阐教众人，知晓我……的厉害。"

孙错忽然发现，似乎连这个老者，也无法说出这个地方的名字。

他若有所悟，转过头，看向身侧的菌芝，问道："你还记得，我刚来的时候，曾经问过你，这是什么地方吗？"

"记得，怎么了？"菌芝点了点头。

"你是怎么回答我的？"

菌芝再次张了张嘴，却一个字都没有发出来。

孙错顿时明白了。

原来，不是他们不告诉他，而是不知道为什么，这个地方的名字成了一个禁忌，永远无法说出口来。

　　对于菡芝来说，她早已经告诉了孙错，这是什么地方，可是孙错而永远听不见那个名字。

　　越来越多的疑云笼罩在孙错的心头。

　　这里究竟是什么地方？

　　又是什么人，把这个名字封印了起来，让任何人都不准说出？

　　孙错正深思间，四周的修行众人，已经鼓噪起来。

　　"闻太师莫怕，我随你前去，好教那姜尚老儿知晓我等的厉害！"

　　"不错，阐教欺我等太甚，岂能任由他们猖狂！"

　　"同去，同去！"

　　就这样，那自称闻仲，骑着墨玉麒麟的老者离开的时候，身后乌泱乌泱地跟着数十名神通各异的修士。

　　孙错知道他们的厉害，其中有他最崇拜的魔家四将，也有他有些害怕，却无比清楚其法术神通之强的九龙岛吕岳岛主，更有二十八宿中的十数名高手。

　　孙错想，这么多人替闻仲出气，那个什么阐教，一定会被揍得很惨了。

　　可是他没想到，从那之后，他再也没有见过这些人。

　　过了一段时间，消息传来。

　　他们，都死了。

 07

　　"如何，找到陆压道人了吗？"

　　"禀天王，人间四大部洲早已穷尽搜查，都没找到陆压的身影，也没见到三太子口中所说的那只白毛猴妖。"

　　"继续搜！我便不信，他们是能上天入地了不成，这三界之中，还有我天庭找不出的人？"

"是，是！只是有一件事，军中颇多怨言，还想请教天王。"

"何事？"

"弟兄们都说，若是那陆压身上真的藏着什么天下无敌的法宝，咱们就算找到了，岂不是会被当场打杀？咱们身为天兵天将，死自然是不怕的，可就怕死得不明不白，所以还请天王示下，那陆压身上……到底偷了咱们天庭的什么宝物？弟兄们知道了，也好早做准备，兴许狭路相逢的时候，能逃脱一条性命。"

"……"

"属下多言，天王请息怒！"

"无妨，你们有此顾虑，也是分属应当，不过你们可以放心，如今的陆压，不过是一条孤魂野鬼，他身上的宝物，也不是什么厉害法宝，非但不能杀伤你们，恰恰相反，他还得费些心思，不让那宝物损毁了才对。"

"天王此话当真？"

"你们放心去找便是。那陆压偷走的，嘿，不过是一块被天庭扔到角落里千百年，甚至早都快忘记了的……破烂旗子罢了……"

 08

孙错发现，岛上的气氛，变得越来越肃杀了起来。

这天一大早，在广场上吞吐云气的他，见到了一个从未见过的，骑着黑虎，手握金鞭，披甲系索，四周环绕着二十四枚神采各异的透明珠子的仙家。

岛屿四周，人人见了他，无不敬畏，唤一声"罗浮真仙"。

他问了菌芝，才知此人名叫赵公明，乃是大罗金仙，混元一气，修为深不可测，更是三仙岛上三霄仙姑的师兄，此番前来，便是为了替之前惨死的道友报仇。

不仅是赵公明，孙错又一次见到了那位骑着墨玉麒麟的、自称闻仲的老爷子。

这一次出现在岛上的时候，闻仲没有了之前的意气风发，鬓边的白发仿佛更多了几分，神色悲戚，目中似有壮烈神色。

闻仲在广场上，面对着赵公明，坐而论道。

孙错在一旁听了半晌，渐渐明白，原来这座岛上，是一个宗派的本营。这个宗派与人间那个叫作"阐教"的宗派是千年大敌，如今人间战乱纷飞，正是乱象，那阐教中人相助一个叫作"西岐"的势力，讨伐这座岛宗派相助的"朝歌"，而闻仲正是"朝歌"的太师，故而三番两次来到岛上，寻求道友相助。

孙错唯独奇怪的一点是，他在花果山的时候，从来没有听说过"阐教"的名字，更不知道什么"西岐""朝歌"。

花果山坐落于东胜神洲，孙错想，或许这是南瞻部洲，甚至北俱芦洲的人间国度吧。

渐渐地，越来越多的人围到了广场上，听闻仲和赵公明的对话。

孙错听了半晌，只觉那西岐众人行事，反倒更合胃口一些，忍不住低声同菡芝道："我听闻太师说，那姜尚老人要为天地众生立规矩，定乱世，开太平，这是好事啊，咱们为什么要跟他作对呢？"

菡芝瞪了他一眼，还没说话，那广场正中的赵公明却好似听到了他的这句话似的，抬起头，遥遥看了孙错一眼，忽道："这位小友说得不错，若能立下规矩，自然是好事，可是，要看这是谁立的规矩，立的又是什么规矩。"

孙错听了这话，壮起胆子，大声道："我听三霄仙姑说过，大道恒常，唯一不变，只要规矩是立于道上，那是谁的规矩，又有什么差别呢？"

赵公明却摇了摇头。

他本身形魁梧，满脸虬髯，此时的目中，却透出丝丝悲悯神色。

"小友，你错了。"

"道乃恒常，人欲却总有盈亏。姜尚要立的规矩，是他们阐教的规矩，从此天地有分，仙妖有别，若是守了他们的规矩，那么六道芸芸众生，从出生的那一刻开始，就有了天命。命中该当仙人的，便高人一等；命中该当妖物的，就受人轻贱。他们给每个人，每个魂魄，每个生灵都安排得妥妥当当，只要按照他们的规矩走，这么六道三界，便从此安宁有序，再无纷争。"

孙错听在耳中，忽然有种说不出的滋味，想要张嘴说些什么，却又不知道从何说起。

此时，那墨玉麒麟上的老者闻仲，缓缓摇了摇头：

"这样的规矩，我不喜欢。"

"赵兄，教主教给咱们的规矩，是什么？"

赵公明微微一笑，神色中多了几分傲然。

"咱们没有这么复杂的规矩，咱们的规矩，只有一条，就是三山五岳，有教无类。芸芸众生，无论精怪妖仙，不以出身为耻，不以天命为荣，皆为平等，皆得自由。"

话音刚落，二人对视一眼，不由朗声大笑起来。

二人笑声越来越大，广场上的诸般妖仙修士，也一个接着一个，好似传染了一般，跟着他们二人一起齐声大笑起来。

笑声上绝浮云，好似巍然一座高山般，屹立在这无名岛上。

孙错没有笑，他呆呆地看着面前的所有人，心中生出了一种从未有过的奇异感受。

笑声渐歇，那赵公明看着闻仲，又道："太师，此役你我若败，那千年之后，怕这天地之间，六道之内，真要让他阐教的这等规矩，束住众生了。"

闻仲没有说话，只是抚髯低叹，点了点头。

"若是如此，那我赵公明便是身死道消，又有何惧？"赵公明振声长啸，一揽身下虎尾，纵声道，"走吧，便让我见识见识，那阐教大名鼎鼎的昆仑十二金仙，到底有什么本事！"

09

赵公明的死讯，是月余之后传到岛上的。

孙错听人说，刚到人间的时候，赵公明奋起神威，以一敌四，丝毫不落下风。一手钢鞭当胸打死了西岐之首的姜尚，然后缚龙索祭起，把黄龙真人凭空拿去；二十四枚定海珠施展开来，左打赤精子，右压广成子，一举压下了阐教的气焰。

而后道行天尊、玉鼎真人、灵宝大法师，连番出战，却无一是赵公明的对手，不是败落马下，就是失手被擒。闻太帅趁此机会，发兵西上，连下十三城，风头一时无两。

可他们却不知道，阐教早已设下了毒计，只是拖延时间罢了。

他们斗不过赵公明的法宝本事，却早在案内设下了钉头七箭书的毒术。

军中立一营，营内一台，结一草人，人身上书敌人姓名，头上一盏灯，足下一盏灯，脚步罡斗，书符结印焚化，一日三次拜礼，至二十一日之午时。

如此等到二十一日后，术法生效，那赵公明的三魂七魄，竟被一举活生生地拜散了去，被奇术复活的姜尚当胸一剑，刺在草人身上，便如同刺在赵公明身上一般，朝歌军阵之中，那纵横无敌的罗浮金仙，便这么摇了一摇，倒下虎座，被生生咒死在了大营之中。

消息传到岛上，众仙无不愤然。

从那一天起，岛上再也没有了半分往日的闲适自在，越来越多的人随着闻太师离开岛，要去和那阐教的规矩斗上一斗，可从此之后，再也没能回来过。

每天都有消息从人间传来。

教过孙错化形兽身妙法的九龙岛四圣，死于打神鞭下，肝胆俱裂，魂飞魄散；

与菡芝最为交好的彩云仙子，死在了哪吒的一枪之下，孙错这才知道，原来当日见到的那率兵焚烧花果山的哪吒三太子，也是这阐教中人；

最喜欢和孙错一起生火烹饪，烧鸡炖鹅，所做美味堪称岛上一绝的，相貌丑陋，心地却最为善良柔软的火灵圣母也死了，是在葭萌关骑着金眼驼冲杀之时，被埋伏在一旁的广成子以番天印压下，当场化作了一摊肉泥，连遗言都没能留下；

于孙错有半师之谊的金鳌岛十位天君联袂下凡，布下十大阵法，起初的时候，倒很是为难了阐教众人数日，可没过多久，阐教便派出无辜的低辈门人弟子闯阵，送死之后，找出阵法奥妙眼目，短短三天，便以牺牲了数十名弟子为代价，全灭了金鳌十仙，尽破大阵。

还有那脾气古怪，孤僻独居，却总爱和孙错下棋的一气仙余元；

还有那性子最火暴不过，要替妹子火灵圣母复仇的火龙岛岛主罗宣；

还有……

孙错就这么在岛上，眼睁睁地看着熟悉的人们越来越少，他们笑着、哭着、怒着、骂着，却义无反顾地联袂下凡，从此再无音讯，只留下了一个个惨死战场的名字。

没有一个人害怕过。

孙错好多次想要鼓起勇气，跟他们一起下凡，一起去见识见识这个所谓阐教的厉害，他甚至想过了，哪怕死在哪吒的手里，他也不怕，他要拼了命地报仇，给岛上的这些师友们报仇，更是给当年花果山惨死的母亲族人们报仇。

可每当他这么想的时候，他的眼前，就会出现那天晚上的画面。

燃烧的烈火，血流成河的山涧，挂在树枝上的断臂残肢。

他好像重新变回了很多很多年前的那只小小的白毛猴子，除了躲在妈妈的背后哭泣之外，什么都做不到，什么都不敢做，手脚冰凉而麻木，只知道呆呆地看着眼前的人间惨剧。

无数次话到嘴边，他最后又都咽了下去。

他想，也许不用自己出手，岛上这么多高手宗师，应该就可以把外面的事情解决了吧。

如果他们都无法取胜，那自己又何必……去白白送死呢？

每天他都这么宽慰着自己。

可他比谁都清楚，他只是在逃避，在欺骗，在畏惧罢了。

他无比鄙夷和憎恶这样的自己，可又不停地心存侥幸，觉得也许有一天，一觉醒来，一切都已经解决了，他们获得了最后的胜利，再也不用有人牺牲，不用有人送死了。

可他终于还是没等到这一天。

🌀 10

没过多久，这天一大早，菡芝敲开了他的房门。

孙错仿佛早就已经预感到了这一天的到来，他看着眼前的菡芝，心里越来越慌，连双手都控制不住地颤抖了起来。

他请菡芝到屋里坐，菡芝却摇了摇头，嫣然一笑。

"我要走啦，小猴子。"

她这么说道。这么多年来，只有她从来没有喊过孙错的名字，只喊他"小猴子"。

"你……你要去哪儿？"孙错觉得自己的声音像是从很远很远的地方传来一样，那么缥缈，那么听不真切。

"三霄娘娘要为公明大人报仇，去布九曲黄河阵了，我是她的首座弟子，自然也要同行啊。"

孙错的脸色越来越苍白，他急忙上前两步，再也顾不得其他，拉住了菡芝的手，涩声道："你，你别去，阐教的人凶得很，他们，他们——"

菡芝脸上的笑容却丝毫不变。

"我知道啊，我这番去了，怕是回不来了。可是就算这样，有些事情，总归有人要去做，对吧？如果我们不死在这儿，那么这个天下，还有谁来反抗阐教的规矩，还有谁敢去质疑他们的'命'呢？"

说着，菡芝从身旁拿起一个小包，塞到了孙错的手中。

"这是我爹爹留下来给我的,我要走啦,这个送给你,你替我好好保管,好吗？"

孙错怔怔地接下了布包。

"我爹啊，死了很久很久了，他以前生活在骷髅山上，和石矶娘娘是很好的朋友，后来石矶死了，他也死了。他本来不用死的，可他很坚持，他说，他要替娘娘讨个公道回来，然而他没有讨到他想要的公道，也没能回来。所以现在，我长大了，轮到我来替他，跟阐教，跟这个天下，讨一个公道了。"

"小猴子，你别哭，你以后想我的时候，就看看这个布包里的东西，就像是我在同你说话呢。"

菡芝这么说着，自己的眼眶却先红了，她轻轻地，轻轻地往后退了半步。

孙错如遭雷击，猛地伸手，想要抓住菡芝的袖子，却一把抓了个空。

菡芝翩然退后，冲孙错挥了挥手。

"小猴子，我走啦。"

"你是不是有些话想跟我说？没事，我知道的。"

"等我回来，如果我能回来的话，我再陪你去金鳌岛上钓蟹，我们去钓一整个晚上，你有什么话，都说给我听，我都听你说，好不好？"

"到时候，我就再也不走啦。"

 11

菡芝也死了。

西岐阐教的人,从来不知道什么叫作心慈手软,那姜尚攻破九曲黄河阵的时候,高悬打神鞭,刚好遇上了拼死反抗的菡芝,当头一鞭,将她打得脑浆迸裂,身子一软,当场毙命,倒在了地上。

孙错听说这个消息的时候，已经把自己关在了房间里，三天三夜没有吃饭，没有喝水。

他整个人都枯瘦了一大截。

其实，他知道的。

很久很久以前，他就已经发现了不对劲的地方。

五岁的哪吒曾经射杀了石矶娘娘的弟子，找上门的石矶被太乙真人用九龙神火罩活活烧死，那已经是千年前的事情了，可菡芝却说，几十年前她的父亲也死在那儿。

广成子、赤精子……都是昆仑顶上的上古金仙，如何又会掺杂进人间的争斗之中？

他所修行的种种神通妙法，无不是上古秘传，从未听说过流传于世间，可在这座岛上，处处可见，浑不见半点稀罕。

他其实早就已经想到过，也许他所处的这个地方，根本不存在于人间。

那个将他带到这里，从此杳无音信的"陆压道人"，究竟是什么人？

他不知道，现在也不想知道了。

他一度想要骗过自己，告诉自己，哪怕全是假的，他也可以安心在这里生活一辈子，看遍这里的繁华，和那个一起长大的小姑娘一起，携手走完一生。

他想忘记仇恨，忘记痛苦，因为他知道，他真正的仇人究竟是什么。不是哪吒，不是天兵天将，而是玉帝，是天庭，是三界六道真正的主宰。

他光是活下来，已经用尽了所有的勇气和胆魄，他从来没有想过，自己可以复仇，自己敢去复仇。

不知道什么时候开始，母亲临死前的那句"快跑"，将他的一生，定格在了孩提时那个绝望的午后，他从此再也没有长大过。

可是他没想到，原来就连骗自己，都是这么困难。

他坐在床头，静静地待了很久很久，终于伸出了手，轻轻打开了菡芝留给他的那个包裹。

窗外，人声鼎沸，余下的修士奔走相告，听说闻太师兵败绝龙岭，已经被云中子的通天神火柱活生生烧死了。

孙错却已经完全不在乎了。

包袱里，是一面有些残破的旗帜。

黑边，青底，上面歪歪扭扭地绣着两个大字。

孙错干裂的嘴唇微微一动，终于，念出了这两个字。

"碧、游。"

不知道为什么，他从来没有听说过这两个字，可是这两个字像是烙进了他的骨髓，灼进了他的心肺一般，给了他一股从未有过的安宁和无谓的力量。

"碧游。"

"碧游。"

"……碧游。"

窗外，他看不到的地方，整个小世界里所有的岛屿，都随着他的这一声声喃喃，逐渐崩塌、摧毁、消散于虚空之中。

房中小榻之上，一个背着大葫芦的身影却悄无声息地渐渐浮现出来。

孙错愕然抬头，看着这位把他从花果山救出来，却又从此数十年不见踪影的道人。

"陆压……仙长。"

"嗯。"

"孙错，有一事相询。"

"何事？"

"我所见所闻，岛上种种，皆是虚妄，是不是？"

"不错。"

"那……那菡芝她，她是不是还活着？"

陆压看着目光热切，脸颊却消瘦得不似生人般的孙错一眼，叹了口气："痴儿，菡芝仙子被姜尚一鞭打死在九曲黄河阵中，已经是千年前的往事了。"

孙错其实心中早有准备，只是听陆压这般一说，心中仍是一沉，浑身的力气都像是被抽空了一般。

"孙错，你可知此地为何处？"

"仙长，我年少时，曾听山中长辈说过，千年前有一处，乃我妖族圣地，受通天教主执掌，敕令三山五岳十万妖族，不受人仙白眼，不受天地束缚，自在生长，混元如一……可便是这碧游宫了？"

"是，也不是。"

"请仙长示下。"

"你所说的，确是通天教主麾下，截教根基所在的碧游宫，可那个碧游宫，千年之前，已经被姜尚率着阐教十二金仙，一把火烧得干净，后来通天教主仙化，截教四分五裂，从此三界六道，再也没有碧游宫了。"

"那、那此处是……"

"你我现在，皆在封神榜中。"

孙错心中一颤，猛地抬起头来。当初大圣爷在花果山揭竿而起，大闹天宫的时候，十方妖族汇聚花果山中，商议对抗天庭之策，他偶然听那为首的七大圣之一的驱神禹狨王提过，如今天庭的根基，便是千年前在诸星台上，封神论道所奠定的。这封神榜，便是上书着天庭大大小小所有神仙名讳尊称的榜文，堪称天庭至宝。

只是不知自己怎么会被陆压道人带着，进了此榜之中？

却听那陆压续道："你莫要惊慌，只是想叫你知晓，如今这封神榜中，皆是孤魂野鬼，唯独你一人是生灵罢了。"

孙错瞪大了眼睛，看向陆压。

陆压笑了笑，负手而立，看向窗外："不错，我陆压也早便死了，如今不过是一抹残魂不散，寄在一柄斩妖飞刀之上，化形而成罢了。

"千年之前，阐截相争，我本是天地一散修，生于燧人火中，取金木精气炼化，

FENGQIBIYOU FENGQIBIYOU FENGQIBIYOU

得成仙道。那时只觉阐教立诸般规矩，能使三界太平，遂相助于姜尚，杀赵公明，斩一气仙，破金鳌阵，立下大功。可也因我这懒散性子，不愿受封，成那封神榜中人，故而逃过一劫，未入神列仙班，依旧自在逍遥。

"可这千年以来，我见这三界秩序，貌似规整，实则残暴，仙妖有别，人间三六九等，贵者清贵，贱者贫贱，不在能力高低，而在出身天命，已然僵到极致，那阐教所谓的天下太平，不过是把这三界当作自身的香火道场，生灵当作自己的供奉祭品罢了。

"我悔不当初，自觉犯下滔天大错。遂在三百年前，闯入三十三天外的星河尽头，盗走封神榜，准拟重建碧游宫，不让天下三界，唯独天庭一家独大。"

孙错听得入神，不由奇道："这碧游宫和封神榜，有何关联？"

陆压摇了摇头："所谓封神，呵……不过是炼化魂魄的至恶至凶之术罢了。千年前一战之中，凡所战死的金仙，魂魄收入榜中，诸星台上，一一炼化，成就清浊二气，清气封神放出，浊气留在榜中沉淀。经过这么一炼，便是那截教中人，其心性、胆魄、戾气、怒火……皆为浊气，留在此间，而去到天庭为神的，只是被阐教所认可的那一半'善念'罢了。

"世人听闻封神二字，只道是功成名就，位列仙班，又有谁知道，其实不过是……"

陆压顿了顿，面上露出讥讽笑意。

"……阉了罢了呢。"

孙错听得口干舌燥，双手不自主地紧握成拳。闻太师、赵公明、十天君……还有菡芝。

他们原来就是这样，成了仙，封了神的吗？

好一个阐教，好一个天庭，好一个三界安宁，好一个……秩序。

这一刻，他才忽然间终于听懂了，很久很久以前，赵公明对他说的那番话。

"道乃恒常，人欲却总有盈亏。姜尚要立的规矩，是他们阐教的规矩……"

陆压看着他，身形渐渐变淡，声音也越来越虚无缥缈。

不知什么时候起，整个房间里，都像是笼罩了一层看不清摸不透的薄雾一般。

"而这余下的浊气，便残留在封神榜中，失却神智，只知道一遍又一遍地重演着千年前的那场大战，然后一次次地死亡、轮回、化作飞灰……"

"孙错，三百年前，我盗走封神榜，被天庭追杀，身死道消，只留下这一缕残魂躲入榜中，带着此物坠落万劫深海，逃过一劫。三百年来，我一直在找能替这个天下揭开封神榜，重开碧游宫的人……"

"如今，我的时辰也该到了。咳、咳，终归只是一抹残魂，强留人间三百年，已是逆天而行……"

"这块封神榜，我就交给你了……"

"当有一天，你能揭开它的时候，也许，这个天下，这个三界，都会变得不一样起来……"

"只可惜，我再也看不到那一天了……"

 12

"报告将军，找到了，找到了！"

"什么？"

"那被陆压道人掳走的妖猴，被我们找到了！"

"当真？在什么地方？"

"昆仑地脉，三界之隙里，那儿与万劫之海相连，当年被陆压道人偷走的宝物也在那儿，妖猴就躲在宝物中的小世界里！"

"好个陆压道人，藏得这般隐秘，你们是如何发现的？"

"这……"

"快说！"

"报，报告将军，是顺风耳听到的，那方世界之中，妖猴正在喃喃自语，念着那个早被玉帝封印的禁语……"

13

昆仑山脚，大雪如盖。

原本千里冰封，不见人影的雪野之中，如今站满了诸天神佛，天兵天将。

天庭严阵以待，几乎倾尽全力。四御之首，掌管三界兵凶战乱的勾陈大帝为帅，紫薇大帝与长生大帝两侧为辅，后有六司、七元、八极、九曜、十都……连同三十六洞天、七十二福地的诸般金仙，二十八宿、天河各路星官统领，再加上四部雷、火、瘟、斗，下四部群星列宿、三山五岳、步雨兴云、善恶之神，更有西王母遥遥坐镇，十二上古金仙陈列，俱皆汇集此处。

除此之外，灵山佛国则以阿弥陀佛为首，燃灯、弥勒二佛相随，八大菩萨、五百罗汉、诸位明王尊者，亦至此间，只听梵唱香音，白莲千里，处处吟诵不停。

而被这诸天神佛团团包围的，不过一方小小土丘罢了。

土丘之上，立有一碑。

碑文残缺大半，依稀可见古篆"碧游"二字。

石碑的边上，此时正站着一只白毛妖猴，左手扶碑，右手紧紧攥着一块暗黄破碎的残布，布上依稀可见朱笔写下无数大大小小的名字。

妖猴低着头，整张脸都被阴影笼罩住，不见喜怒。

"无量天尊。"第一个走出来的，是太乙真人，他看着妖猴，神色悲悯，"妖孽，你可知晓，那碧游宫乃是千年前截教通天教主的法地，封神一战后，通天教主诛仙阵、万仙阵皆破，身死道消，从此碧游宫道统尽失，消散于人间。"

"前尘往事，黄粱一梦，你不过是被卷入这封神榜中，做了一场大梦罢了，如今还不快快醒来？"

妖猴闻言，却缓缓抬起了头，咧开嘴，无声地笑了。

"真的是梦吗？

"如果真的是梦，那么千载悠悠，到了今天，为什么你们还这么害怕？害怕妖族中有人，再次喊出碧游这两个字来？

"告诉我，你们到底在怕些什么？"

太乙真人冷冷拂袖，道："荒唐之极，碧游宫不过是千年之前早已覆灭的一派宗门罢了，我们又有什么好怕的？"

"是吗？"妖猴的脸上，露出了从未有过的怪异笑容。

像是在很久很久之前，那个广场上，赵公明和闻太师坐而论道的时候，每个人都发自内心地露出的灿烂笑意。

"三山五岳，有教无类。你们怕的不是碧游宫的法术，而是碧游宫的信念，他们不信命，不信天数，不信人妖生而有别。你们怕的，是自由和平等；怕的，是重新站起来，不再受你们奴役的妖族……对吗？"

昆仑山中，漫天风雪，可妖猴的眼睛里，像是跳跃着璀璨的火光。

"就像我们的大圣爷，你们可以允许一只妖猴上天庭，当弼马温，大闹蟠桃会，这些你们都没有关系，可是当他说玉帝轮流做，今天到我家的时候，你们就再也容不下他了。你们要把他埋在山下，饮铜汁，吃铁丸，你们要磨灭的不是他的肉体，而是他的信念，就像千年之前，你们无所不用其极地杀灭了碧游宫的思想一样，不是吗？"

说着，妖猴猛地一撑右手的大旗，昂然站在那儿，眼睛里像是有光，有火，又像是装着千载悠悠的无畏岁月。

"那么，我今天告诉你们，碧游宫没有灭亡，我还在。"

"只要我还活着，我就会把整个碧游宫的思想，散布到妖界的每一寸土地上，每一个妖族的心里，我会告诉他们，终有一天，我们可以重建那自由平等的碧游宫，不再被你们的天命束缚，不再遵守你们定下来的人妖有序的规矩。"

"碧游宫的样子，已经印在了我的脑海里，我就是死，也永远不会忘记！"

"告诉你们，我，不会再害怕了！"

说着，妖猴猛地一昂头，双手高高举起那块暗黄朱笔的破旧残卷，长啸一声，像是拼尽全力一般，狠狠撕了开来！

诸天，神佛皆惊。

封神榜乃是上古神物，他们只道陆压窃走此宝，是为了盗取里面截教的诸般法术秘藏，或是借此为旗，号令妖族，却不料眼前这只妖猴，竟然毫不犹豫地一把将这封神榜撕成了两半！

妖猴将那撕毁的封神榜狠狠扔在地上，正要开口，一声雷霆震怒的喝声从天际传来："妖魔外道，安敢如此猖狂！"

云端之上，忽然落下了一座金灿灿的九重宝塔。

"李天王出手了！"

"是降魔宝塔！"

无数天兵天将的欢呼声中，那宝塔迎风便长，不过眨眼工夫，就化作千丈金塔，珠玉生光，当头向着妖猴罩了下去。

妖猴却毫无惧色。

他没有躲开，而是站在那儿，双肩微沉，怒目圆睁，猛地吐气开声，只见千丈高塔重重压下，顿时将他的整个小腿都压陷进了大地上。

可他没有倒。

这只妖猴，竟硬生生地用肉身抗住了那不下万斤之重的降魔宝塔！

另一层的云端，一身道袍的老君和身侧的菩萨对视一眼，各自心惊。

"假以时日，此子怕不又是一个齐天大圣。"

"碧游余孽，绝不可留！"

二人心意相通，再不多言，一人挥杨柳净瓶，一人持金刚镯，劈头便向下界凡间打去。那杨柳净瓶可装四海之水，金刚镯更是老君当年化胡为佛的宝物，二者齐齐打在妖猴的腰畔腿间，只听两记闷声，几乎将他的腰身打得折了。

可妖猴还是没有倒。

十万天兵之前，统帅三军的勾陈大帝再也忍耐不住了，厉声道："诸君听令，擒拿妖猴，不可心慈手软，雷公电母，水火二将，齐齐上吧，把那妖猴挫骨扬灰，魂魄压回天庭受审！"

"是！"

雷公肋生双翅，再无犹豫，手中锤钉挥舞，一道小儿手臂般粗细的劫雷，劈头盖脸地便打了下去。

妖猴勉强抬起头来，看着天际雷光环绕，电龙闪烁。

他紧紧咬着牙关，用尽了最后的力气，眼眶几乎被那万钧之重的铁塔压垮，裂出血来。

可他的眼睛里，没有半点畏惧。

就像很多很多年前，那些携手长吟，翩然离岛的截教门徒一般。

这一刻，他终于什么都不再怕了。

"碧游——"

高喊声中，雷光当头劈下。

眼看即将砸中妖猴，忽然，一个人影挡在了他的面前。

那人举手，单掌向天，微微一笑。

雷光忽散。

片刻之间，天朗气清，风雪徐徐，好似所有的雷光电龙，都是一场大梦，从未出现过一般。

勾陈大帝认得那人，脸色铁青，厉声道："闻仲，你想造反不成？"

妖猴看着眼前这个熟悉又陌生的背影，缓缓睁大了眼睛。

鹤发，白髯。

虎背熊腰，身披金甲。

座下一只墨玉麒麟，背后一对雌雄铁鞭。

他永远不会忘记这个人，那一天，这个人来到了岛上，告诉所有的人："西岐姜尚，欺我朝歌太甚。"

后来他听说，这个人兵败绝龙岭，被通天神火柱活生生地烧死了。

再后来，他知道这个人成了雷部之主，天庭借大圣爷的手，想要逼他带领雷部出手，亲手杀死妖族，可他却浑若无事一般，任凭天庭天翻地覆，也没有出过半点力。

可现在，他却站了出来。

"是啊，我想造反很久了，勾陈，你今日才知不成？"

鹤发魁梧的老太师，双手反握钢鞭，声音刚毅，不见喜怒："封神千年，浑浑噩噩，不知此身何身……到了今日，才终于回想起来，往事尘缘，历历在目。"

说着，他长叹一声，仰头向天。

"当年绝龙岭上，兵败身死；封神台前，化作雷部正主，至今悠悠千载。如果不是这位小友，恐怕连我闻仲自己，也快忘记这两个字，忘记碧游宫里的那些岁月了。"

说到这儿，他忽然笑了笑，侧过头来："小友，骨头还扛得住吗？"

妖猴勉强一笑："太师，您说，区区一座宝塔，还镇不住我。"

闻仲闻言，仰天大笑，忽然一伸手，托住了那宝塔底端，用力一掀，竟生生将那九重降魔宝塔扔到了百丈开外！

"碧游宫的人还没死绝呢，想要伤这位小朋友，从我闻仲的尸首上踏过去吧！"

"好，好，好，好你个闻仲！"

勾陈大帝冷笑三声，戟指骂道："当日那猢狲大闹天宫，你身为雷部之主，却避而不出，玉帝早知你有反意，果然，今日将你的狐狸尾巴揪了出来。众将听令！"

"是——"

"今日，碧游宫余孽妖猴和雷部闻仲，格杀勿论！"

话音未落，诸将尚未应声，忽然，远处五百罗汉阵中，传来了一道懒洋洋的声音。

"不知道碧游余孽，算不算得上我一个？"

大腹便便的弥勒佛转身看去，只见诸佛之中，走出了一个瘦小佝偻的影子，可他每走一步，脚下便生出片片金光。

一步，足下莲台散尽，袈裟化作飞灰；

二步，身上金甲紫袍，大袖飘摇；

三步，他的身子陡然大了几分，好似化作妖魔一般。

"多宝如来！你——"勾陈大帝心中更沉了几分，正要说话，却被那人摇头打断。

"阿弥陀佛，千年来，贫僧是多宝如来，可今日，我不见如来。"

那人双手一挥，虚空之中无数神妙法宝，好似星河一般，将他团团萦绕，只见珠玉、刀剑、书册、铁匣、符咒、令牌、枪戟……每一件都各发五彩神光，令人睁不开眼来。

"碧游宫，通天教主座下大弟子，多宝道人，见过阐教诸贤。"

"封神榜中，划分魂魄，这么玩弄了我们一千多年……也该玩够了吧。"那人看着貌不惊人，可一开口，却狂妄至极，"勾陈，你还不配让我出手，身后那昆仑十二金仙，谁先来再试试某家的手段？广成子，赤精子，太乙，玉鼎，清虚，灵宝……你们齐上如何？"

"反了，反了！"

勾陈大帝的一颗心仿佛坠入冰窟一般，他不曾想过，这封神榜一毁，里面镇压的诸般"浊气"各回本源，如今这诸天神佛的大阵之中，不知道有多少是当年的碧游门下，又不知多少人重新恢复了往日的神智！

他不及多想，一咬牙，厉声道："众将听令！今日，但凡碧游门下，一个不留，尽诛于此！"

"好大的口气。"

话音刚落，只见上四部中，雷火交鸣，瘟云四布，一时间死伤无数，顿时鼓噪起来。

"什么人？"

"上仙，为何——"

"快跑，快跑，是部主的五毒云瘴！"

一人身披火甲，一人破衣佝偻，携手站了出来，遥遥看向勾陈大帝，神色冰冷。

"火龙岛，罗宣。"

"九龙岛，吕岳。"

"想要伤我碧游子弟，问问我二人如何？"

说话间，只见无数火鸦铺天盖地，几乎烧红了半个天幕，大地之上，流沙席卷，色作斑斓的五毒秘瘴滚滚腾腾，但凡沾着的天兵天将，顷刻间便哀号倒地，化作脓水。

勾陈再也按捺不住，手中大旗一挥，两侧的紫微大帝和长生大帝已经冲杀过去，和罗宣、吕岳斗作一团，这边是四御之二，那边是火瘟二部之主，正杀了个你来我往，好不热闹。勾陈心中稍定，正要约束部众，揪出余下的碧游门人，忽见一团冷光，当面打来。

他神通精妙，虽然猝不及防，终归挥剑荡开，怒道："来者何人？"

回应他的，是一声暴怒虎啸。

长鞭裹挟着猎猎风声，当头狠狠砸下。

妖猴看在眼里，大喜过望，忍不住交道："罗浮金仙！"

众目睽睽之下，一个红袍金鞭，骑着黑虎的壮汉，反手抓住被砸到昏迷的勾陈大帝，冷冷四顾："赵公明在此，谁敢欺辱我碧游门下？"

片刻之间，漫天神佛已经乱作一团。

东方女仙之中，两名老妪佝偻身子，一边轻咳，一边站了出来。

"大师兄，好久不见，一切安好？"

多宝道人一边大袖飘摇，连斗八名昆仑金仙，一边含笑行礼："师妹，封神台上，一别千年，当真暌违了。"

众仙见此，无不变色，议论声越来越大。

"是黎山老母！"

"还有斗姆元君，她们也都是碧游宫中人？"

"你不知道？她们一个曾是金灵圣母，一个叫作无当圣母，都是通天教主的亲传弟子。"

议论声刚刚想起，只见昆仑地脉，竟摇动了几分。

漫山冰雪，化作滚滚浊浪，冲上云端！

两名老妪扔掉手中拐杖，不过数息之间，挺背含胸，骨节咯嘣连声，好似凭空拔高了几节一般，化作两名背靠着背的美艳妇人。

"移山，断江，飞雪，截云……一别千年了，我们碧游宫的手段，各位莫非忘得一干二净了不成？"

彩袖飘飞，玉指连挑，云端之上，只听西王母断喝一声，玉胜如刀，扑面砸来，正对上了二位女仙。

土丘之上。

妖猴站在那儿，抬起头，看着半空中越来越多出来的仙人，神色焦急，像是在努力找着什么。

"魔家四兄弟，见过大师伯，见过诸位道友！"

琵琶玉碎，长剑横空，珠伞遮天，一只花狐貂好似闪电一般，飞纵厮杀，曾经的大雄宝殿四大天王，终于想起了他们的本名。

"金鳌岛一别，转眼千年，各位可皆安好？"

转瞬之间，红沙白骨，黄烟飞石，十个大阵环环相扣，将那天河千万水军困在其中。

"乌云仙，你也来了？可见了那金光、灵牙二位弟弟？"

佛前座下，一只孔雀振翅而起，化作百丈巨躯，身后五彩神光刷过，顿时将诸佛各路法宝兵刃收入其中。

……

妖猴的目光一个个扫过这些熟悉的面容，他的双唇紧紧抿着，目光渐渐变得惶急起来。

就在他快要绝望的时候，无数嘈杂吵乱的声音中，终于，一个清脆的声音响了起来。

"小猴子，你真也是我碧游门下吗？"

妖猴猛地回头。

身后，一张曾经无比熟悉的俏脸，出现在了他的面前。

"……菡芝？"

俏脸的主人歪着脑袋，嘻嘻一笑，道："你认识我？那看来你真的是我们的道友了。"

说着，她抬起头，伸了一个懒腰。

"一千年过去了……真没想到，还有重新见到大家的时候啊。"

"那么，准备好了吗，小猴子？"

妖猴怔了一下，忽然伸出手，轻轻抓住了她，脸上浮现出了一抹从未有过的温柔笑容。

"放心，这次，我终于准备好了。"

"咱们……要上了哦！"

·↕▶　END

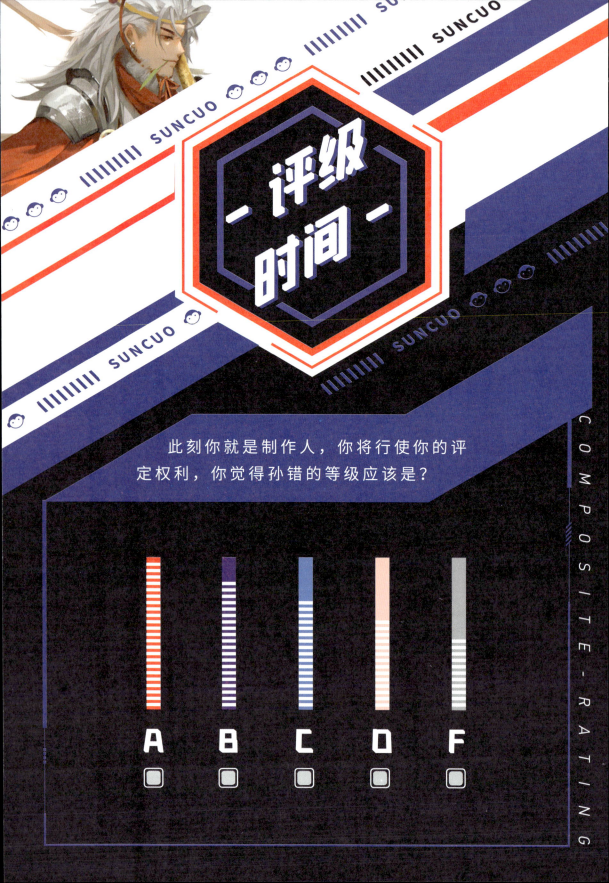

评级时间

此刻你就是制作人，你将行使你的评定权利，你觉得孙错的等级应该是？

COMPOSITE-RATING

A B C D F

下午13:14

"元始天尊"邀请"孙错"加入群聊

"孙错"与群里其他人都不是微信朋友关系，请注意隐私

安全

下午13:25

哪吒
？？？

哪吒
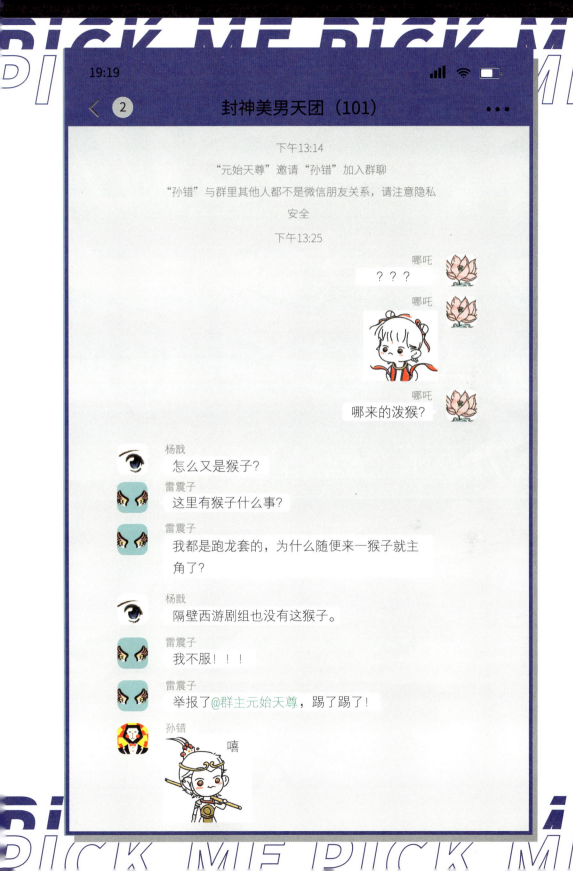

哪吒
哪来的泼猴？

杨戬
怎么又是猴子？

雷震子
这里有猴子什么事？

雷震子
我都是跑龙套的，为什么随便来一猴子就主
角了？

杨戬
隔壁西游剧组也没有这猴子。

雷震子
我不服！！！

雷震子
举报了@群主元始天尊，踢了踢了！

孙错
嘻

陈塘有总兵

特别出演 灵珠子哪吒　　友情演出 殷十娘 度厄真人

■ CAST：领衔主演 李靖　　　　　　　PRODUCER：言七苦

1

李靖此人生而不凡，五行欠揍。

他出身陈塘关，父族往上三代都混迹军伍，可惜既没挣得赫赫战功，也没有强势的妻族帮衬，老爹费尽心思钻营一生，也不过在陈塘关守城门，没几年就因负伤被遣回家，这样的家世在大商朝委实不算什么。

因此，当得知妻子身怀有孕，李靖他爹不仅提前八个月想好了名字，而且连孩子的未来都规划好了，压根儿没想过孩子可能性别为女。

幸而他这一番苦心未成空想，待李靖出生果然是男儿，且甫一照面尚未睁眼，先赏了老爹一泡童子尿。

托塔天王的传奇人生，就从这一日开始了。

相比日后的沉稳严肃，李靖小时候是个不折不扣的皮猴子，"三天不打上房揭瓦"绝不足以囊括他的斑斑劣迹。再加上他有天生神力，每每左邻右舍听见隔

壁噼里啪啦如野兽拆家，就知道李家父子铁定又在全武行。

李靖娘死得早，他爹对这个独子不可谓不好，竭尽所能地培养他，还舍下脸找尚在军伍中的昔日同袍帮忙，一心想要培养出个能臣猛将光耀祖宗，却没想到被一桩飞来横祸撞闪了命运的腰。

那是在李靖七岁的时候，有不知打哪儿来的妖怪流窜至陈塘关，劫掠童男童女修炼，短短数日就害了不少性命，彼时负责此地的总兵三番两次带人围剿妖孽，不仅无功而返，还折损了十来个兵卒。

李靖年纪正好，又有身不同寻常的根骨，毫无悬念地被妖怪盯上，使一阵妖风将他从院中卷起，转瞬就到了陈塘关外一处深山洞窟里。

洞穴幽深，昏暗阴冷，只有几团幽幽鬼火勉强照明，李靖看到了堆在角落里犹带血迹的白骨和六个跟他一样被绑在石柱上的孩子，青面獠牙的妖怪扭动着粗壮蛇身滑入洞穴，打嗝的时候还带着腥气。

寻常孩童哪见过这样，那六个孩子当场就被吓哭或吓尿，只有李靖不一样——他是被这妖怪丑哭的。

妖怪刚吃了前几天的存粮，还没消化完，暂时不打算杀他们，准备过两天杀来吃鲜。没想到李靖悄悄挣断了树藤，屏息凝神，在妖怪闭目小憩时悄然接近，用他全身力气将一根生掰下来的石刺扎入了七寸位置！

"嘶——"

妖怪吃痛，一下子惊醒过来，李靖顺势骑在它身上，一边死死按住石刺不放，一边对那六个孩子大喊："你们……"

话没说完，趁机挣脱的孩子们连滚带爬跑走了，其中两个感情充沛的还回头对他哭嚎了两句"大恩大德，来世再报"。

李靖心想，我让你们趁它病要它命，大家伙儿一起上砸死它，没让你们麻溜滚蛋啊。

妖怪怒极，它修为虽然不高，一身骨皮却刀枪不入，否则那些凡人官兵也不可能铩羽而归，偏生这小孩不知有何鬼名堂，拿一根石刺就破了它的罡气，受了这伤也不知要修炼多久才能养好。

一念及此，妖怪也不去追那几个孩子，粗壮的蛇尾逆卷而来，死死缠住李靖的身躯，骇人巨力倏然缩紧，李靖只觉得全身骨骼都发出了不堪重负的响声，体内空气被挤压殆尽，胸腹内脏几乎要被揉烂成泥。

下一刻，寒光乍现，妖怪的头颅凌空飞起，落地化为硕大青蛇首，箍住李靖的蛇尾也松了开来，无力地垂落下去。

李靖从鬼门关捡了一条命，狼狈地滚落在青绿色的粘稠血水中，好不容易喘过了气，才看到洞里不知何时多了一位黄衣道人，身材中等，鹤发童颜，左手掌托定风珠，右手腕托拂尘，笑眯眯地看着他。

这位便是度厄真人，师承圣人太上老君，道场位于九顶铁刹山上的八宝云光洞，修炼不知寿数，至今座下无弟子。

原因无他，机缘未到。

度厄真人有诲人不倦之心，奈何天命师徒因果淡薄，曾经不信邪收过几个弟子，下场不是修仙未成中道卒，就是行差踏错走火入魔，到头来惹下祸事还要他这个师父亲自清理门户，怎一个"惨"字了得？如此折腾了几番，连好友灵宝大法师都忍不住规劝，让他放过徒弟一马，这就是命，别强求了。

就当度厄真人都要接受现实的时候，他师尊太上老君终于看不过眼，掐指一算发现他命中注定有两名亲传弟子，一为冀州郑伦，二为陈塘关李靖，前者已经被望徒心切的度厄真人收入门下，后者却还在娘胎里没出生，只得再等一些时日。

度厄真人心里美得不行，就多吃了几颗仙果，没料想果子放久成了酒，他一睡就过去七年，若是再慢一步别说收徒，恐怕李靖坟头草都比人高了。

这种不利于师徒和睦的事情，度厄真人当然不会主动提及，他来得正巧，看到了李靖英勇斗妖、为同伴争取生路的一幕，暗道此子果真该是我道门中人，脸上表情愈发和蔼，剽窃了隔壁西方教接引教主的口头禅，温声道："贫道度厄，

观尔与吾有缘，可愿拜吾为师，前往九顶铁刹山修仙问道？"

李靖本就被那他一剑震住，又吃了一颗丹药通体舒泰，当即脑子一热，磕头拜师。

当他带着度厄真人回家的时候，心急如焚的老爹差点背过气去。

时人尊崇鬼神，天下寻仙炼道者多如过江之鲫，若真修出个门道，莫说是光宗耀祖，连带祖坟都可冒青烟，然而一来修行路坎坷，百人入道难成其一，二来山中无岁月，李家就这么一根独苗，倘若李靖去修道，有生之年父子可还能再相见？

当着度厄真人的面，老爹不敢号啕大哭，只能默默垂泪，李靖也忍不住红了眼眶，上前抱住老爹，情真意切地道："爹啊，您要保重身体，再生一个吧。"

"……"

离家修道第一天，自老爹把他扫地出门而始。

嵯峨矗矗冲霄汉，峻岭巍巍碍碧空。

李靖对九顶铁刹山的第一印象是高，第二印象是太高。

度厄真人御风而行，一路把他从陈塘关提溜至此，然后丢在山脚下，给予了新弟子入门的第一道考验——赤手爬上位于山顶的八宝云光洞。

九顶铁刹山不仅高，而且险峻，怪石嶙峋，寒风凛冽，沿途没有所谓的登山梯，饶是度厄真人令山中飞禽走兽不得伤人，年仅七岁的李靖仍是举步维艰。

他爬了三天三夜，度厄真人也在洞府里透过玄光镜看了三天三夜，待李靖筋疲力尽地瘫在山顶悬崖边，度厄真人微微一笑，对身边少年道："郑伦，去接你师弟入洞府。"

自此，度厄真人门下两名弟子齐聚。

许是天生有仙缘，李靖在九顶铁刹山待了十五年，就从引气入体到金丹内蕴，可谓千里挑一的天才，如果放出消息，不知要令多少终生止步于筑基的修道者羡慕嫉妒恨甚至背地扎草人。相比之下，他那位师兄郑伦也不遑多让，度厄真人传其鼻烟神通，以哼气吸人魂魄，令人防不胜防，可惜郑伦尘缘未断，前两年就拜别了师父下山归商，做了冀州侯苏护的督粮官，只剩下李靖还在山上修行。

李靖修炼的是五行遁术，进境一日千里，人也长成英俊神气的模样。按理说当师父的有徒如此该欣慰不已，李靖却发现随着自己年纪增长，度厄真人看他的目光逐渐带上了忧虑。

二十三岁生辰之日，度厄真人将李靖叫到座前，沉默良久方才长叹道："靖儿，你上山修道已有十五载了吧。"

李靖跪在蒲团上，低头应道："是。"

"可曾牵挂家中？"

李靖犹豫片刻，实话实说："回禀师父，弟子时常挂念家中老父。"

度厄真人定定地看了他一眼，道："那你便下山去吧。"

李靖愕然抬头，却见度厄真人已经闭上眼，只是道："回陈塘关去，为期七七四十九日，不可贪恋红尘。"

一听度厄真人不是要把自己逐出师门，李靖心中大定，虽吃不准师父话中隐意，却已归心似箭，三跪九叩之后迅速整理行装，拿上宝剑就下了山。

当初日行千里，如今归心似箭。

李靖离了九顶铁刹山，一路向陈塘关赶去，心里既喜且忧，喜的是重归故里，忧的是不知老父可还安好。如此一来，待远远见到陈塘关城楼轮廓，李靖竟有些归乡情切，自云端落下凡尘，徒步走在荒草萋萋的黄泥路上，满心杂念，举步踟蹰，直至闻见一股若有若无的淡淡腥气随风飘来，立刻回神静心，快步赶了过去。

此处距离城门还有三五里，周遭都是野林地，只有零星几家猎户居住，眼下天色已晚，时人尽归家，李靖却在前方一处水潭中看到了一名年轻女子。

那女子身着贵重的蚕丝衣裳，满头乌发披散，脚上木屐都丢了一只，面朝下漂浮在水中，不知是死还是活。李靖见状，连忙飞身将她捞起，发现其人不过二八年华，面色青白，模样齐整，算是个好看的姑娘，可惜狼狈至极。

他探了探女子颈脉，确定人还有一口气，便渡去一股真气助她吐了水，只听得几声呛咳，女子勉强缓过气来，拼尽全力看了他一眼，又昏睡过去。

见她如此，李靖也不好直接将人丢在这荒郊野外，索性将外衣脱下裹在她身上，把人抱起踏上白云，径自越过城楼往自家赶去，下方虽有百姓来往行走，却无一发现顶上有白云载人飞过。

李靖家住陈塘关西边，附近都是日出而作日落而息的平头百姓，家中最富庶的也不过一个烧陶人，他没有惊动任何人，直接落在自家小院里，犹豫片刻，上前叩门。

敲了好几下，李靖才听见屋里传出动静，有拖沓的脚步声慢慢靠近，他屏住了呼吸，却听木门"吱呀"一声打开，出现在他面前的却是一名陌生老妇。

李靖愣住："你……"

"你是谁？"老妇穿着一身兽皮衣服，虽然身形佝偻，裸露在外的皮肉却未松弛，隐约可见筋骨强健依旧，花白头发用草绳绑成髻，颈下戴着兽牙项链，分明老态龙钟，仍带着一股子凶悍气。

李靖下意识抱着人退了两步，同时在脑内搜刮记忆，确定自己没见过此人，惊疑不定地道："老人家，我来找人。"

老妇浑浊的眼里闪过精光，狐疑地打量他："找谁？"

李靖说出了老爹的名字，老妇摇了摇头："未曾听过，这里没有你要找的人。"

说罢，她就回到屋里，将门重新关上了。

李靖皱了皱眉，他确定自己没找错地方，院子里那个畸形难看的石磨盘还是自己小时候帮老爹打的，心里顿时浮现不祥的预感，又不敢轻举妄动，只得咬咬牙出了院子，到隔壁去敲门。

然而，令他惊惧的事情发生了——李靖连敲了五六户人家，却都是物是人非，没有一个人是他认识的，打听以前的邻居去向，个个都摇头不知。

就算老爹因故搬走，甚至出了什么事……总不会连这一条街上所有人家都搬走了吧？

大晚上，李靖抱着浑身湿冷的女子站在街道上，原本温暖的身体也开始发寒。

正当他沉思的时候，一阵风吹了过来，带着仲夏夜里不应有的寒意。淡淡的白雾弥漫开来，不知是否错觉，本就昏暗的城池在黑夜里变得愈加模糊不清，仿佛有怪物蛰伏于黑暗中，无声无息地将光亮吞噬殆尽。

李靖听到了脚步声，来自四面八方，以凡人绝不可能拥有的速度朝他包围过来，他一手抱紧怀中女子，一手亮出宝剑，旋身一斩，剑气荡开，耳边顿时响起一阵凄厉粗嘎的怪叫声，紧接着是重物落地的沉闷声响，可他定睛一看，地上空无一物。

"这是……"

李靖皱起眉，用剑尖探了探，确定那里有什么东西存在，只是自己看不见。

就在这时，原本昏睡的女子颤了颤，似乎是被刚才那阵怪叫惊醒，她缓缓睁开眼，看到李靖时一怔，紧接着环顾四周，见得满目黑暗，双眼立刻瞪大，脸上浮现出惊恐之色！

"跑——"

她对李靖嘶声喊道，可惜为时已晚，一道黑影仿佛从雾中化形，倏然出现在李靖身后！

那是一个前所未见的怪物。

身似人，头如鸟，手脚瘦长，指爪尖利，鸟喙张开刹那，恶臭的腥气如风一般涌出，隐约可见两排密密麻麻的细小尖牙。

女子一见它就浑身颤抖，李靖却没有回头，反手一剑刺了出去，结果扑了空，那怪物凌空一跃，在即将飞过他头顶时陡然下落，双爪直取他怀中之人。

好在这女子看似柔弱，反应却很快，揽臂勾住李靖的脖颈，腰身发力，在间不容发之际带着他往旁边翻倒，利爪擦过他们衣角落在地上，坚实的石板地凹陷下去，形成两个足有五寸深的爪印。

与此同时，李靖口中念咒，四道土墙拔地而出，将这怪物围了个密不透风，空间狭小不容振翅，它刚要抬头，李靖已然一跃而起，手中宝剑迎上它的头颅，竟然发出竟是金石碰撞之声，震得他虎口发麻。

一击不成，李靖不等怪物脱困，手指在剑刃上一划，凌空虚写咒印，数道细密柔韧的藤蔓从泥土中生长蜿蜒，如毒蛇一般缠住怪物躯体，将它牢牢束缚在四面土墙之中。趁此机会，李靖一剑穿过土墙，被怪物严严实实卡在血肉间，正待叫嚣，却听土墙外传来唱咒声，宝剑竟化作枯木，凭空燃起真火！

一瞬间，火势见风即长，适才刀枪不入的怪物发出凄厉至极的惨叫声，它在土墙内垂死挣扎，试图撞破墙壁或挣断藤蔓，可这真火实在厉害，不仅不伤土木，还在火舌舔舐到它时陡变熊熊，空气里很快就弥漫起焦煳的味道。

李靖修行五行遁术，草木土石皆可做他法宝，这把宝剑也是临走时折了度厄真人洞府前的一截桃树枝，眼下自然也不觉可惜。他在原地站了一会儿，确定这怪物没了生息，这才转身看向跌坐在地的女子，问道："姑娘，你叫什么？是哪里的人？"

女子沉默了一下，反问："你又是谁？"

"李靖，陈塘关人，自幼离家修道，拜师九顶铁刹山度厄真人，此番回来是为探望老父。"

"……我是殷十娘。"女子借他力道站起身来，"家住陈塘关，我父乃上任总兵殷奎。"

李靖一怔。

在他离家修道之前，殷奎就是陈塘关的总兵，李靖自然知道这个名字，也听说过他有一子一女，只是不曾见过，却没想到在这般情形下遇到殷十娘。

李靖正要再问，殷十娘却已经警惕地环顾四周，低声对他道："这里不能待，你先跟我走。"

"去哪里？"

"出城往东三里半，那里有个水潭。"殷十娘苦笑，"通过那个水潭就可以回家，我好不容易才跑出去，没想到……不过，若是没有你，恐怕我已经死了。"

李靖犹豫了一下，左右现在满腹疑云，所见所闻皆不同寻常，他也就答应下来，只在心里暗暗提高戒备。

城门早已关闭，按照殷十娘所说，她上次离开是在城里放了一把火，才找到时机爬上城楼，仍被守兵发现割断绳索，险些摔断了骨头，一路亡命而逃，眼看就要被乱箭射死，这才连憋气都来不及，直接跳下了水潭。

这次有李靖在，他们不必冒这样大的风险，只是刚才李靖不知情况惊动了附近邻居，又弄出火烧怪物的大动静，要想离开也绝不容易。

分明看不到，杀机却似附骨之疽如影随形，李靖刚带着殷十娘踏云，就听见了破空之声，若是反应慢一点，他自己尚能平安无事，殷十娘绝对会被无形的箭矢射成蜂窝。更要命的是，李靖发现自己在这里待的时间越长，周遭的黑暗就越浓重，这使他的法力消耗越来越快。

如此一来，哪怕没有殷十娘提醒，李靖也知道此地不可久留。

"他们怕火，怕光。"殷十娘尽力把身体蜷缩在李靖庇护下不给他添麻烦，同时低声叮嘱，"我们都是活人，在这里待得越久，生气流失越快，也会吸引越来越多的怪物……你放一把火，火势越大越好，不用怕殃及无辜，这里除了我们没有活人。"

短短几句话，李靖听得心惊肉跳，眼下也无别路可走，眼见城楼就在眼前，他二话不说跃了上去，同时咬破舌尖喷出一口血水，凌空化为火焰，见风即长，转眼便是一道巨大的火墙挡在身后，将城楼与后方城池割裂开来！

　　离得近了，借着火光映照，李靖终于看清这些城楼上的守兵皆是面孔青白身形干枯，穿着不合时下的兽皮衣甲，身上还有腐土，犹如行尸走肉。

　　他们面目狰狞，手里拿着武器围攻过来，又畏惧熊熊烈火不敢上前。趁着这一合之机，李靖抱紧殷十娘，脚下一蹬拿人脑袋做踏板，如鸟一般从城楼飞跃而下，围绕在他们身边的雾气也似被火焰驱散，没能及时纠缠上去。

　　挣脱了雾气包围，李靖一刹那觉得浑身轻松，却不敢驻足回头，踏风飞出三里半。所幸目光在黑夜里不受阻碍，待见着他将殷十娘救起的那处水潭后，身形一转，带着她如流星般坠落下去！

　　"扑通——"

　　落水刹那，庞大的无形力量瞬间挤压过来，别说殷十娘，连李靖的内息都被打乱，好在他始终保持了清醒，将一口真气渡入殷十娘嘴里，然后放任身体被潭底吸力卷走，只觉得眼前彻底一黑，耳边众声消弭，犹如被放逐无间。

　　当他再次睁开眼睛，发现自己和殷十娘已经浮上水面，眼前还是黑夜，却多出了几点灯火，头顶一弯残月高悬，在水上投出冰冷却皎洁的光。

　　这才是正常的人间黑夜。

　　不到一个时辰，却恍若隔世。

　　他站起身，勉强平复了胸中翻涌的气息，将殷十娘拉上了岸，捡了些枯木点燃火堆，这才双双倒在草地上，望着满天星月，好半天都无人说话。

　　半晌，殷十娘终于开口道："我们回来了。"

　　"刚才那是什么地方？"

　　"……是影子。"殷十娘的面容在火光映照下显得格外好看，神情却无比悲哀，"是陈塘关的影子。"

陈塘关位于九湾河边，临近东海，连接朝歌与北面，城里住着数千百姓，是大商重要的关口之一。

　　殷十娘自小在这里长大，如她父亲一般深爱这方土地和在此生活的百姓。因此，当她知道父亲将要年老卸任、陈塘关即将迎来新总兵时，殷十娘的心里忐忑大过了期待。

　　她自小听父兄讲天下事，父亲虽然才能平庸，在任期间没有做出多大政绩，却也不曾苛待城中百姓，等到新总兵上任，陈塘关的百姓是否还能延续之前十余年的太平日子？

　　新总兵很快到来，据说是朝歌城里的贵族出身，名叫江黎，今年三十有五，正是男人最好的年纪，看起来自成一派英雄气概。

　　江黎是个严肃不失宽厚的人，上任之前与殷十娘的父亲彻夜长谈，向他讨教陈塘关这些年来的点点滴滴，还升了殷家兄长做副将；上任后善待百姓，不欺男霸女也不搜刮民脂，甚至在九湾河发水时亲自带人筑堤，使陈塘关免去一劫。

　　三年下来，百姓们爱戴他，殷十娘也打心底尊重他。

　　直到半年前，江黎在城中下令修建了一座庙宇。

　　时人敬重鬼神，在陈塘关一带尤重圣母女娲与东海龙王两大祭祀，可江黎修建的这座庙不供神仙不立碑，而是塑了一尊无人见过的男子金身，座下踏青牛，肩头立鹰隼。

　　江黎对百姓们宣称，这座庙里供奉的是他先祖。

　　总兵上任三年，深得百姓爱戴，他修座庙供奉自家先祖无可厚非，何况不强逼人们献祭香火，便也算不得什么大事。起初，除了江黎和他麾下亲兵，鲜少有人去那座庙里焚香祷告，后来有些老者感念总兵之恩，每月初一十五过去上香，没承想渐渐传开了灵验之说，信徒日益增加，逐渐盖过了其他正神庙宇的风头。

　　殷十娘的母亲也去庙里祈愿，没过两天，困扰她多年的咳疾就痊愈了，从此一传十十传百，连父兄都成了虔诚香客，唯有殷十娘愈发犹疑。

　　因为两家交谊，殷十娘在庙宇建成后就去上过香，只看了那神像一眼，就觉得浑身不对劲，做了好几天噩梦。

　　她觉得那神像有问题，又说不出个所以然，再加上没发现有何不利之处，便也只能闷在心里，可那噩梦好似恶鬼一样对她纠缠不休，令她逐渐憔悴，只能尽量不入睡。

　　就在她快要撑不下去的时候，陈塘关来了一位不速之客。

　　那是个唇红齿白、面若好女的少年，不知是哪处洞府的炼气士，甫一照面就把江家庙宇掀了个底朝天，动静大如雷霆，惊得众人纷纷抱头鼠窜。

　　这少年自称灵珠子，是来陈塘关降魔的。

　　百姓们只觉得莫名其妙，这两年陈塘关风调雨顺，新总兵勤政爱民，哪有什么妖魔作祟？于是，他们指责少年行事乖张，满口胡言。

　　灵珠子似是脾性不好，很快便不耐烦了，双掌一拍祭出颗五彩宝珠，在阳光下熠熠生辉，照得半座城池光彩夺目，然而殷十娘骇然发现在场除她与灵珠子外，其他人都在这宝光下照不出影子。

　　灵珠子说，陈塘关的人都被那座寄生邪魔的神像吸走了部分魂魄。

　　这件事惊动了总兵，江黎很快带人赶到，以上宾之礼邀请灵珠子过府一叙，不知他们究竟说了什么，当天黄昏时，江黎与灵珠子一同返回庙宇废墟，请众人做个见证，看灵珠子能抓出什么邪魔来。

　　众目睽睽之下，灵珠子不仅没有抓出邪魔，自己反被屹立不倒的神像所伤——那神像座下青牛化为活物，以迅雷不及掩耳之势扑至面前，与灵珠子悍然相撞，同时肩头鹰隼振翅飞起，狠狠啄伤了灵珠子的眼睛。

　　下一刻，江黎从袖中取出一只小鼎，见风变大数倍，倒扣而下罩住灵珠子，待宝鼎收回，内中已无少年，只有那颗五彩宝珠。

江黎对百姓们解释说灵珠子乃精怪化形，陈塘关的人早年也确实受过妖孽侵扰，便都相信了，只有殷十娘心里打鼓。

自从被那宝光一照，殷十娘的眼睛就似得了某种神通，她不仅能看到众人脚下的影子变得浅淡近无，还能看到江黎的本来面目——在旁人眼里英武不凡的陈塘关总兵，竟是个牛头人身的怪物！

因此，殷十娘在这天晚上彻夜未眠，她想要去跟父兄说出自己的猜测，开门后却见守在外面的奴婢都变成了陌生面孔，而当她惊慌地跑到父兄房中，发现本该熟睡的他们非但整衣起身，还变成了陌生人。

殷十娘跑出了府邸，看到深夜的街道上出现了不少人，都是她从未见过的，穿着古老陈旧的服饰，如游魂野鬼般往来行走，连巡守士兵也未能幸免，令她简直要怀疑自己仍在噩梦中。

她注意到，这座城池被黑暗彻底笼罩了，就连城楼上本该点亮的灯火也全部熄灭，若非自己的眼睛得了神通，恐怕伸手不见五指。

殷十娘不敢再乱跑，缩在一处无人注意的角落，眼睁睁地看着这些"人"在鸡鸣前各自回家，待黑暗彻底退去，从屋里出来的人又变成了熟悉面孔。

殷十娘苦笑："我意识到不对，急忙回家告诉父兄，可他们非但不相信我，还要把我送到神像面前驱邪。"

李靖消化了她所说的信息，问道："然后你做了什么？"

殷十娘咬了咬唇："我……潜入总兵府，偷走了那颗宝珠。"

"白日里总兵府戒备森严，晚上又有妖魔横行，你怎么做到的？"

"晚上的时候，陈塘关虽然变得危险，可江黎不在总兵府里。"殷十娘轻声道，"我也是没法子，只能冒险一试，连续探了三天，发现他入夜后就不知去向，而我的眼睛在黑暗里不受影响，潜入府邸并不困难，只是……"

江黎人虽不在，却将那宝珠置于鼎中以火炼化，凡物入火即焚，殷十娘试了两次不成还惊动了守卫，心知绝无下次机会，一咬牙将手探入火中，结果非但没

被烧伤，还顺利地抓出了宝珠。

正因如此，她才遭到了暴风骤雨般的追杀，若无宝珠护身，早已丧命于这座黑夜之城。

李靖沉吟片刻："经过水潭可以转换光影两面，这件事也是宝珠告诉你的？灵珠子还有意识？"

殷十娘点头。

"那他现在哪里？"

此言一出，殷十娘面现尴尬之色，嗫嚅道："我……逃跑的时候怕宝珠被抢走，就、就把它吞下去了。"

"……"李靖木然片刻，目光定定地落在她的肚子上。

天无绝人之路。

不等李靖绞尽脑汁催吐，也不必殷十娘剖腹取珠，在他们谈完这件事后，一道五彩宝光就从殷十娘腹中亮起，轻而易举地从她体内脱离出来，落地化为一身红衣的翩翩少年。

李靖活了二十多年，在洞府修炼时也没少见其他仙门弟子，却还是第一次见到如此漂亮的少年。

"看什么看？！"灵珠子狠狠瞪了他一眼，"小爷又不是姑娘，你招子长歪了？"

李靖："……"

灵珠子在江黎手里吃了亏，正是气头上，不管青红皂白先发作了李靖一番，这才一屁股坐在草地上，呼吸吐纳两个大周天，苍白如纸的脸色微微有了好转。

好在李靖也不想跟他计较，把架在火堆上烘干的衣服收下来，一件给殷十娘，一件给了灵珠子，自己抱膀子坐下，问道："我乃度厄真人座下弟子李靖，小兄弟是出自哪家仙府？"

灵珠子抬眼看了看他，神情郁郁："……娲皇宫，女娲娘娘座下护法童子。"

此言一出，李靖与殷十娘都是大惊，灵珠子似是看出他们不信，冷笑道："普天之下这么多妖魔鬼怪，随便杀上几年就能凑够千七百之数，若非娘娘令我下凡前来，当小爷稀罕管你们陈塘关的破事？"

他这样一说，李靖反而有些印象了——在师兄郑伦下山时，度厄真人曾告诫他们两人，道女娲娘娘座下有一护法，乃天地灵石化身，生具千七百戒杀相，不杀足一千七百数不能证道转生，受女娲法旨庇护，对妖魔邪道有生杀予夺之权，他们师兄弟下山后必须严守戒律，不可作恶多端，否则招来这杀星，连度厄真人也不能相救。

李靖自认为遵纪守法，没想过这么快跟灵珠子打交道，本是惴惴不安，在眼下情况反而安心了许多。

"那江黎修的是什么邪道，连你也中了招？"

灵珠子狠狠磨了磨牙，道："他的道行不足为惧，是那神像棘手，你们可知他供奉的是什么？"

殷十娘一愣："不是他江家的先祖吗？"

"是，也不是。"灵珠子冷笑，"那是他的先祖不假，却不姓江……李靖，我且问你——'面如牛首、背生双翅，统领九黎氏族，兵败涿鹿之野'，这说的是谁？"

"……上古魔神蚩尤！"李靖大惊失色，"这……怎么可能？蚩尤兵败涿鹿，丧命于黄帝之手，怎么会出现在陈塘关？"

"蚩尤虽死，九黎氏族尚存，那江黎就是蚩尤血脉之后，一心想要复活蚩尤，重现九黎辉煌。"灵珠子脸上露出厌烦冷厉之色，"那座神像就是蚩尤化身，江黎用它骗取陈塘关百姓的香火信仰，建立因果摄取魂魄……须知人的影子里藏着一魂一魄，所以百姓们的影子会逐渐活过来，陈塘关的白天与黑夜也随之割裂，你们在晚上看到的那些'人'，其实是影子所化，江黎将九黎勇士的亡魂从地府召回来，需要以影子暂且栖身，等到活人魂魄逐渐被摄取殆尽，这些亡魂就能借助影子悄无声息地侵占人身，重回阳间。"

因此，他才会指点殷十娘放火，盖因影子会在火光下暂时变回原样，以此化形的亡魂也会失去形体，为逃命的人争取喘息之机，而水潭能够折射光影，通过这里可以不必等到天亮，直接回到活人的世界。

当然，这只是权宜之计，等到江黎的计划成功，陈塘关的活人与九黎亡魂合二为一，蚩尤死而复生，劫难才算刚刚开始。

李靖的脸色一阵青一阵白，他总算明白师父为何突然让自己下山，必定是算到了陈塘关有此一劫，而他作为陈塘关人士，受父老乡亲恩惠生养，于情于理都该回来了结因果。

他有自知之明，连灵珠子都不是蚩尤神像的对手，自己对上江黎恐怕也无胜算，再加上今晚大闹黑夜之城，就算白天进入陈塘关，想必也会被无数双眼睛盯着。

思量片刻，李靖问道："蚩尤葬身于涿鹿，就算九黎残部想要让他死而复生，怎么会来到陈塘关？"

灵珠子翻了个白眼："你一个陈塘关的人都不知道，问我？"

"如果是蚩尤……我可能知道原因。"殷十娘犹豫着开口，"我父乃上任陈塘关总兵，他曾提过陈塘关有一镇关法宝，名为轩辕乾坤弓，并有三支震天箭，是轩辕黄帝所铸，与震天箭合用威力巨大，当初蚩尤就是被此弓三箭穿心而亡……不过，据父亲所说，自陈塘关建立以来，没有人能拉动此弓，更别说射出震天箭。"

李靖与灵珠子霎时明白了。

蚩尤虽死，其神不灭，二魂六魄堕入黄泉，最重要的胎光主神与伏矢命魂却附在了乾坤弓和震天箭上，使神器染上血秽，故而黄帝登仙也无法将此法宝带走，只能遗留人间，几经辗转后落在了陈塘关。

江黎要想复活蚩尤，必使其魂魄俱全，解封乾坤弓势在必行，故而他索性略施手段来到陈塘关做总兵，将这里作为复生九黎勇士的巢穴，一举两得。

灵珠子问殷十娘："你知道乾坤弓放在哪里吗？"

殷十娘不假思索道："城门楼上轩辕阁，乾坤弓与震天箭合放一处，用以供奉！"

得了答案，灵珠子二话不说就要往水潭里跳，幸而李靖眼疾手快，一把抓住了他的小辫子，疼得他一咧嘴，反手一掌把李靖拍了个趔趄，没好气地道："作甚？"

"乾坤弓虽被血秽所污，到底还是神器，不会堕入黑夜之城，而且……"李靖望向城楼方向，"十娘盗宝在先，我火烧黑夜之城在后，却始终没有看到江黎，你们说他会在哪里？"

灵珠子霍然转身："走！"

就在这个时候，身后传来一阵"哗啦啦"的水声，殷十娘走在最后也就离得最近，下意识回头望去，只见一个个黢黑身影从水潭里冒了出来！

她双眼瞪大，惊声道："那些怪物追来了！"

早在这片土地还不叫陈塘关的时候，此处便是兵家必争之地。

炎黄争霸，逐鹿中原，蚩尤兵败，九黎分散，夏禹建都，盘庚迁殷……这个天下，是在战火中诞生，又在战火中毁灭，一切都如劲草吹又生，兴衰演变如枯荣开谢。

所谓成王败寇，也只是一时而已。

江黎很少这样感怀，在九黎勇士看来，多愁善感是那些士大夫的毛病，比起伤春悲秋，勇士就该厮杀于战场，以开疆拓土成就一生功绩。

在九黎族人的心中，蚩尤就是这样功高盖世的英雄。

蚩尤兵败涿鹿之后，九黎部族在黄帝打压下分崩离析，一部分人数典忘祖背弃了巫神，却还有人坚守着九黎的尊严，他们不眷恋繁华也不恐惧乱世，因为这都将成为过去，天下的未来必会属于九黎。

他们耗费了这么多年才走到如今地步，江黎将所有希望都押在了陈塘关，绝不允许分毫有失。然而，眼看离成功只有一步之遥，却连续横生枝节，先是女娲座下的护法童子前来砸场，继而有不知死活的人族女子胆敢潜入他府邸盗宝，现在又来了个不知身份的修士，实在令人恼火。

江黎不害怕这三人，他担心的是他们背后的力量，尤其是灵珠子，女娲在这个节骨眼上遣其来此绝非偶然，九黎残部欲献祭陈塘关复活蚩尤与千百勇士的计划很可能已经被那些圣人知晓，每每思及此事，都令江黎背后发寒。

黑夜之城到底是陈塘关的影子，里面的九黎勇士以此为凭暂且化形，也就有了跟影子一样不可消除的弱点，即使他修改阵法将大量生气传送过去，使他们能够不再惧怕烈火，一旦等到旭日东升，这些影子仍会被打回原形。

换言之，他只能牵制那三人直至天明。

迟则生变，不能再等了。他在心里告诉自己，今晚就献祭陈塘关。

打定主意，江黎将乾坤弓与震天箭从兵器架上取下来，匆匆赶往神庙。

这座庙宇昨天被灵珠子砸毁，废墟已经清理干净，空出了一大片场地，蚩尤神像屹立在最中央，并在正前方重新架设了香案。此时此刻，陈塘关里万籁俱寂，就连随处可见的野猫野狗都陷入昏睡中，江黎一路走来，几乎听不到呼吸声。

来到场地中央，江黎先对神像拜了三拜，继而掀开一只炉鼎，将里面的香灰扬了干净，这才把弓箭放在里面，口中念念有词。

这三年来，江黎每日都用鲜血浸染乾坤弓和震天箭，起初是鼠蝠一类的小东西，后来用了一年蛇血，如今也该再换一换了。

随着他唱咒声起，本已睡熟的陈塘关百姓齐齐睁开眼，双目无神，动作麻木，如同梦游一般纷纷走出家门，向此处聚拢过来，偏生全程静默无声，连呼吸心跳都弱不可闻，一张张面孔青白无血色，若有人旁观这一情景，只怕会吓出满身鸡皮疙瘩。

江黎唇角微勾，抽出一把小刀割破左腕，将鲜血滴入鼎中，随后退到神像旁边。

有他当先，被摄魂招来的百姓们木然上前，学着江黎的样子割破手腕，不顾身体性命，用大量鲜血浸染弓箭，很快就积了过半血水，浸泡在其中的弓箭开始颤动，隐隐亮起慑人红光，有两股青气从弓箭中升起，像是迫不及待想要挣脱牢笼的囚徒，却始终离不得弓箭方圆三尺。

江黎脸色一寒，黄帝留下的封印比他想象更棘手，若以血浸泡，恐怕要七天七夜才能洗掉符文，而他现在没有这个时间。

一念及此，江黎探手抓住了一个小孩子，二话不说就要把他往鼎里按去。

"住手——"

千钧一发之际，天外传来一声断喝，一道彤红云霞转瞬即至，灵珠子一脚踢中江黎面门，同时腰身一折，从他手中抢下小孩，直接抛出数丈远，平安落在一处草堆上。

突来的变故没有惊醒浑噩的人们，他们仍站在原地，一动不动，连多看一眼都没有。

"该死的！"江黎没想到他来得这样快，吐掉嘴里的血水，抬眼看到灵珠子踢翻了炉鼎，血水洒了满地，弓箭却被灵珠子提在手里。

不等江黎拔剑出鞘，灵珠子已经拉开乾坤弓。

乾坤弓镇守陈塘关数百年，从未有人能将其拉开，连江黎也做不到，如今却被灵珠子轻而易举地搭箭当弦，稳稳瞄准了江黎。

江黎当即脸色大变，下意识往上飞起，不料灵珠子适才只是虚晃，在他飞身刹那调转方向，一箭离弦如飞火流星，直直射向神像头颅！

"不！"

江黎惨叫一声，在电光火石间扑到神像面前，然而震天箭何等厉害，这支箭矢洞穿江黎胸口后去势不绝，将他整个人钉在了神像上，泥胎金身的头颅立刻炸成碎块，八道青烟从中飞散而出，在头顶夜空缭绕不去。

"哈哈哈哈，知道小爷的厉害了吗？"

灵珠子见状大笑，他先前吃了亏，早已憋了一肚子火气，眼下终于一雪前耻，只觉得浑身舒泰，也不嫌弃满地血污，施施然走了过去，第二支震天箭已然搭弦，这次对准了江黎的脑袋。

江黎被他一箭破了法身，现在露出了本相，头上生出牛角，皮肤变得青灰，狰狞若半人半牛的魔物，倒在一地神像碎块中，挣扎不得。

功亏一篑，死到临头，他却对灵珠子笑了，浑浊的眼里浮现疯狂。

"玉虚门下……小儿……你以为……"

他笑得断断续续，灵珠子眉头紧蹙，思及还在城外的李靖与殷十娘，决意不再与其纠缠，弦上箭矢就要射出。

就在此时，江黎突然用最后的力气支起身体，张口向灵珠子吐出什么，后者下意识反手抵挡，不料那并非法宝，而是一口精血，溅了他满手满脸。

这一口血喷出，江黎倒在地上死不瞑目，唇角笑容凝固。

阴风平地起，一动不动的百姓们终于抬起头，在月光之下，他们脚底重新出现了影子，这影子却如有生命般，蠕动着融入人们体内，使他们的身体在短短几息时间里发生异变，几乎与黑夜之城里的九黎亡魂一般无二。

灵珠子没有动，反而松开了手，任轩辕弓与震天箭都掉落在地，如被石化般站立着。

城外，正与怪物鏖战的李靖只觉得眼前一空，场地内瞬间只剩下他和殷十娘，而那一潭水变得漆黑粘稠，散发出不祥的恶臭味。

"怎么回事？"

躲在一旁的殷十娘走出来，先用干净的草叶给李靖敷了伤口，这才小心询问。

"不知道，突然就不见了。"李靖已经累得连剑也握不住，额头背后尽是汗水，虎口早已崩裂，险些坐倒在地。

殷十娘想了想："或许是灵珠子诛杀了首恶，所以这些家伙也就消失了？"

这个推测不无道理，李靖心里却升起强烈的不祥预感，他在原地歇了片刻，勉强平复了内息，便背起殷十娘往陈塘关赶去。

城门楼没有人。

按理说，就算入夜也会有士兵守在城楼上，可他们一路走来别说人，连猫狗都没见到半只，好像陈塘关成了一座空城。

李靖心里的不祥预感愈发强烈了，他侧头与殷十娘对视一眼，加快脚步赶向蚩尤庙宇所在，尚未抵达，远远瞧见大批陈塘关百姓都聚集在那里，本该屹立不倒的神像已经被推翻打碎，取而代之地是站在那里的灵珠子。

"灵珠——"

话刚出口，所有人如梦初醒般转过身，李靖的声音戛然而止，殷十娘更是死死捂住了自己的嘴。

这里是陈塘关，却变成了他们刚刚逃出来的黑夜之城。

光与影、生与死，在这片黑夜下合二为一了。

"刺啦——"

伴随着一声怪响，灵珠子头顶长出狰狞的暗红牛角，背后衣物破裂，从肩胛骨下伸展出一对肉翅。

江黎的最后一口血，是诅咒也是诱饵，将从神像里飞散的那部分蚩尤残魂引到了灵珠子身上，将他作为蚩尤复生的肉身。

此时离天亮还有两个时辰。

"灵珠子……"

殷十娘轻声呼唤，灵珠子充耳不闻，只是定定地看着李靖，唇角缓缓咧开一个满含杀意的笑容。

李靖知道此番不能善了了。

　　黑夜之城与陈塘关融合一体，唯有等到天光破晓，借助正阳华辉才能将邪恶驱逐消灭，可他很清楚，陈塘关的众多百姓等不到天亮就会生气尽散，自己和殷十娘也制不住入魔的灵珠子。

　　要么带殷十娘逃走，要么留下找死。

　　李靖深吸一口气，低声道："十娘，你……"

　　"我不走。"殷十娘猜到他想说什么，虽然已经怕得冷汗涔涔，语气却很坚定，"陈塘关是我的家，这里每个人都是我的家人，如果我贪生怕死，从一开始就不必卷入其中……靖哥，别赶我走，我总能帮你做点什么。"

　　满打满算，他们认识还不到一天，这样的称呼有些过于亲密，李靖明知不合时宜，心跳仍有刹那失控，紧接着便是一股热血从心头涌向全身，抵御着连绵不绝的恐惧与恶寒。

　　他一眼不错地盯着灵珠子，未曾回头看殷十娘一眼，语气却带上了笑意："你跑得快吗？"

　　殷十娘虽是女流，从小也没少跟父兄学武练剑，否则也不可能在盗宝后成功逃走，当下毫不犹豫地道："快！"

　　"那就跑吧！"

　　李靖话音未落，无数土墙从脚下地面破出，霎时将密密麻麻的人群隔开阻挡。趁此机会，李靖欺近灵珠子，不顾风声乍破，一把捞起地上的弓箭，反手往殷十娘的方向抛去。

　　殷十娘反应极快，一个飞跃踏过墙头接住弓箭，入手直觉沉重，却不敢放松半分，立刻带着它们转身跑向城门楼。

　　灵珠子和这些百姓都只是被附身，而非被彻底夺舍，乾坤弓与震天箭镇守陈塘关数百年，若能将它们拔除污秽放归原位，总比靠两个人的血肉之躯硬抗一城有胜算。

　　李靖唯一庆幸的是，这些被九黎亡魂控制的百姓也好，入了魔的灵珠子也罢，都丧失了正常的神智和思考，虽有部分出于本能去追殷十娘，但绝大多数都留在这里，朝自己围攻过来。

可他的情况不容乐观。

为夺回弓箭，李靖硬挨了灵珠子一掌，若非他修行数年，恐怕刚才那一下就会被直接打碎脊梁骨，再也爬不起来，而更要命的是这些百姓，他们肆无忌惮地攻击李靖，李靖却要控制自己不伤他们性命。

失控发疯的人群蜂拥而至，灵珠子更是招招夺命，李靖试图以火驱散他们，却发现这些人非但不再害怕火光，反而愈加凶悍，哪怕被火烧伤也前仆后继。

很快，李靖已经被逼到一处屋顶上，脚下是密密麻麻的人，对面是手染鲜血的灵珠子。

"我还能看到太阳吗……"他自言自语，那些疯狂的人已经手脚并用，或往上攀爬，或直接摧毁房屋，势要将他拉下来撕碎。

李靖双手交错挡住灵珠子凌空一脚，浑身骨骼关节发出爆响，连退数步直到屋顶边缘，不等他站稳，已经有人爬了上来，死死抱住他的双腿往下拽，仿佛奈河桥下的忘川恶鬼，断绝一切往来生路。

毫无悬念地，李靖被拽了下去，重重跌落尘埃，不待发疯的人群涌来，灵珠子已如流星飞坠，膝盖压在他胸口，探手就要撕开他的咽喉。

李靖等的就是这一刻。

四道土墙再度拔地而起，如同之前在黑夜之城困杀怪物那般，只是这一次被关在囚牢中的是灵珠子和李靖自己，那些即将冲到身边的人被土墙阻挡，只能用指甲和牙齿撕咬墙壁，却始终不能破开。

藤蔓再度生长，这次却不是出自泥土，而是从李靖的十根指尖生长出来，晶莹剔透的红色藤蔓，根源关联着他体内金丹，凝聚他十五年的功力，因此坚韧难断，紧紧绑住了灵珠子。

李靖知道灵珠子是天地灵石化形，虽然生具杀相，却本性清明，如同一堆永不熄灭的火，即便被黑暗吞噬，只需要一丁点火种就能让他死灰复燃。

他无法打败灵珠子，却能做唤醒灵珠子的那点火种。

十五年日夜苦练的功力，五行生克循环的自然真气，以这十道藤蔓为媒介，从李靖体内一丝丝抽离，再一点点传入灵珠子体内，发狂入魔的少年逐渐安静，李靖的脸色越来越白。

危急关头，李靖却无法控制地胡思乱想。

他下山的时候既喜且忧，想的却都是老父与故人，陈塘关对李靖来说已经变得陌生，若说他愿意为了这里牺牲性命，连李靖自己也不信。然而，当真正面临这样的危机，李靖却毫不犹豫地选择了这条近乎绝望的路。

修道者必先修心，救世者必先救苍生。除魔卫道，济世救人，无关身世出处，无关亲疏远近，更无关道行高低，只在生而为人，善恶一念。

李靖闭上了眼睛，再无一点犹豫。

终于，藤蔓失去了最后一丝血色，如秋草般迅速枯萎，坚不可摧的土墙也在一瞬间土崩瓦解，疯狂的人群一拥而上，淹没了李靖。

跌坐在地的灵珠子睁开了眼睛。

与此同时，遍体鳞伤的殷十娘终于爬上了城门楼，用尽全力关上了轩辕阁大门，即将伸进来的一只手掌被迫挡在了外面，一道道黑影都聚集在门口，用他们的身躯撞门，使门窗地面都隐隐发颤。

殷十娘无暇细数身上伤口，她几乎是手脚并用地爬到兵器架前，将护在怀中的弓箭重新放回原位，整个人如同被抽走了最后一根骨头，重重跪倒在蒲团上，对着黄帝画像磕了一个响头，额角鲜血淋漓。

刹那间，凝固在弓箭上的血迹如同藓皮般剥落下来，温暖的红光取代了沉重血腥，黑白两色瑞气从兵器架下升起，形成一幅太极图。

撞门的动静戛然而止。

殷十娘看不到天空，也就不知道巨大的阴阳鱼在城门楼上浮现，一道遁入地下，一道升入苍穹，那些厚重的黑暗随着夜色一同褪去，如潮水般隐没于地，原本漆黑一片的天幕被白鱼撕裂，漏出一道道刺眼的光，凡被照耀到的阴影，都在光明下无火燃烧。

灵珠子看到了这一幕，他原本凶狠的一击陡然凝滞，堪堪停在一个男人的颈侧，后者也没有趁机攻击，反而抬头望向天空。

阴云散，旭日升。

所有人都看到了这场日出。

李靖也看到了。

他被清醒过来的灵珠子背在背上，感受到寒意驱散，于日出刹那用尽最后的力气睁开眼睛，俯瞰下方的城池。

这是他第一次看清陈塘关，它并不繁华壮丽，却在阳光下美得不可思议。

李靖闭上了眼。

8

陈塘关的百姓历经大劫，知情者却寥寥无几，大部分人只知道总兵江黎被妖魔附身害人，如今已被仙人降服，真正管事的镇守将官则在与殷十娘密谈过后，将事情始末写成奏疏，派人快马加鞭赶往朝歌。

大劫初解，殷十娘就带人找到了李靖，一面命医者诊治，一面派人在城里寻找李靖的亲人，果然找到了住在城西的李老爹，对方猝然被带到这里，还以为自己不知何时惹上了贵人，待被殷十娘带去见了李靖，认出离家十五年的儿子，当场喜极而泣，涕泪纵横。

灵珠子完成了任务，早该回娲皇宫复命，却不知为何始终没走，每天顶着张臭脸守在殷府，见到这一幕撇了撇嘴，神情却有些复杂。

殷十娘觑着他脸色，笑问："怎么了？"

"我没有父母。"灵珠子轻声道，"我乃天生地养，无父无母也无亲无故，娘娘虽让我侍立座下，也教不得我何为骨肉亲情。"

被江黎一口血喷中之后，灵珠子的意识就模糊不清，他记不得那之后发生的种种，却忘不掉李靖用一身道行唤醒他的刹那。

飞蛾扑火，焚烧的不仅是飞蛾，还有火焰本身。

殷十娘身为凡人，无法理解灵珠子的心情，只能顺着他的话道："靖哥说您生具杀相，需要历经千七百杀戒才能证道转生，经历了这一遭，可算圆满了？"

灵珠子颔首又摇头："虽然圆满，却不知什么时候。"

殷十娘笑了："您是仙人，又积累功德，投胎转世必定身负大任，一定会投到好人家，享得骨肉亲情。"

灵珠子定定地看了她一眼，又看看李靖，忽然没头没脑地问："你会嫁他为妻吗？"

此言一出，殷十娘瞠目结舌，人还没回过神来，耳根子已经红了,结结巴巴地道:"你、你说什……什么东西？"

灵珠子嗤笑一声，对殷十娘做了个鬼脸，不再等李靖苏醒，转身化作一道红光消失在殷十娘面前。

殷十娘跟他在一起这几天，已经习惯了灵珠子的脾气，不觉得他难以相处，反而觉得他赤子真性情，如今见灵珠子离开，也不知今生是否还能再见，心里便有些怅然若失。

好在这情绪来得快去得也快，因为李靖醒了。

"靖哥！"

听到仆人禀报，殷十娘连忙赶到榻前，果然见到李靖缓缓睁开眼睛。

"我……"李靖视线模糊，喉咙干涩，"我睡了多久？"

"七天！"殷十娘顾不得旁人眼光，语带哽咽,"你若是再不醒，我都怕你……"

她的话没有说完，发现李靖的神情有些异样，连忙询问："靖哥你怎么了，可是有哪里不好？"

"我……没事，只是……"李靖被她握住手，涣散的瞳仁终于缓缓聚焦，"做了一个梦，而已。"

李靖做了个梦，梦里他回到了八宝云光洞，拜见度厄真人。

度厄真人没有问他这一番的经历，亲手倒了一盏仙露给他，澄澈的露水映出李靖满脸倦容。

李靖道："徒儿幸不辱命，不负师门教诲。"

度厄真人长叹一声，道："靖儿，为师最看重的弟子便是你，可惜你虽有仙缘，却难成仙道，命中有此一劫。因此，为师本想让你留在九顶铁刹山，百年不入凡尘，或能避开此劫数，但是……"

所谓劫数，哪有这样容易躲避的？度厄真人心知肚明，才会在命李靖下山时欲言又止，他希望弟子能平安无事，又怕他在日后留下心结，思来想去，终究只能把选择交给李靖自己。

李靖问道："师尊，徒儿以后不能再修炼了吗？"

度厄真人坦言道："你金丹已破，在修炼一道上再难寸进。"

李靖沉默良久，放下玉盏，起身向度厄真人叩拜行礼，语带哽咽道："弟子李靖……今日叩别师尊，教导之恩终生不忘。"

既破金丹，便绝仙道，李靖很清楚这场梦中相会怕是他最后一次见到度厄真人了。

三跪九叩之后，他抬起头想要再看度厄真人一眼，可耳边风声呼啸，眼前白雾弥漫，八宝云光洞如水中倒影般在他梦里支离破碎了。

因此，他看不到自己离开之后，洞府内出现了另一位道人，乌发青衣，气度清隽，恍若年轻男子，对度厄真人合掌行礼。

"师兄收了一位好弟子。"道人微微一笑，"李靖此人仙道虽断，却有慈悲

舍身之心，经历此劫之后不仅能享人间富贵，还有成神机缘，他日定当名列封神榜，升入天庭授长生。"

度厄真人微微叹气："既然如此，为何不让我告诉他？"

道人摇头："正因为他一无所知，才是难能可贵。"

沧海桑田，时过境迁。

李靖做了陈塘关的总兵，娶了殷十娘为妻。

修仙只需要闭关修炼，做凡人却有太多杂事，大到军务民生，小到柴米油盐，李靖从两袖清风的炼气士逐渐变成镇守一方的总兵，几乎快要想不起从前清修的日子，甚至忘记自己曾经也算半个仙人。

直到殷十娘身怀六甲，某日与他在城门楼上踱步，路过轩辕阁时触景生情，忽然想起当年灵珠子离开时的话，半开玩笑地学给李靖，道："你说灵珠子会不会投胎到咱家？"

李靖认真地想了想，苦了脸："他要是真做了我儿子，我怕是要折寿十年。"

殷十娘瞪了他一眼："瞧你说的，难不成儿子若性情顽劣，你就不肯好生教养他？"

"那哪能！"李靖连忙摆手，"你跟我的骨血，无论是男是女，是好是劣，我做爹的都会尽心尽力地教养他。"

殷十娘扑哧笑出了声。

话是这样说，李靖在接下来的日子里对殷十娘的肚子多多留意，简直比她这个孕妇还要着急上心，生产时直接蹲在了门口，拿五根手指来回刨穿了地。

殷十娘生了个儿子，李靖大喜，起名金吒。

金吒自幼聪慧，小小年纪就听话懂事，跟当年的灵珠子完全不一样，李靖一面教儿子读书，一面又有些难以言表的惆怅。

没两年，殷十娘又生下一子，因是杨柳依依的时节，起名木吒。

木吒虽不如金吒乖巧，好习武斗狠，却也知道分寸，尤其不敢在李靖面前造次，跟一照面差点把他打了的灵珠子天差地别。

李靖想，灵珠子当初或许只是一句戏言，自家与他当真是没有缘分了。

于是，他也便放下了牵挂，与殷十娘夫妻和睦，教子治民。

又过数载，金吒与木吒都长成翩翩少年，各自拜师修道去了，李靖与殷十娘也人到中年，没想到殷十娘再次身怀有孕。

李靖大喜过望，没想到自己命中还有一子，以至于殷十娘才刚怀孕，他就把孩子的东西堆满了一大间屋子，使得整个陈塘关的百姓都忍不住私下嘀咕李总兵老来得子，怕是高兴疯了。

然而，李靖没有料到的是，殷十娘这一胎竟然怀了三年零六个月……

◁▶ **END**

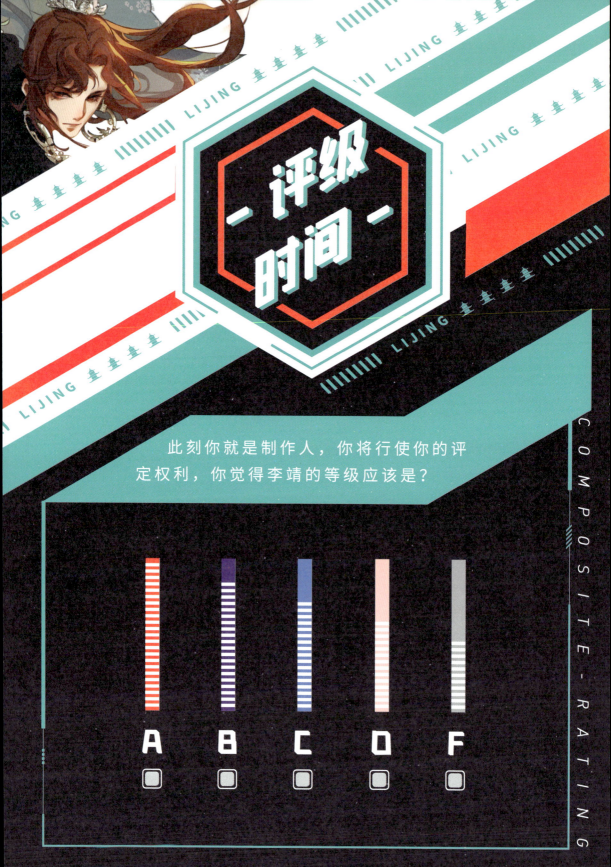

评级时间

COMPOSITE-RATING

此刻你就是制作人，你将行使你的评定权利，你觉得李靖的等级应该是？

A ☐　B ☐　C ☐　D ☐　F ☐

智呼

问题描述：被一个陌生小孩叫爸爸是一种怎样的体验？

| 关注问题 | 写回答 | 邀请回答 | 好问题4190 | 58条评论 | 分享 |

 李靖

　　谢邀，人在陈塘关，刚下飞云。重要的事情先说三遍，在下不是霸总，不是霸总，不是霸总！没有带球跑，是球它自己跑来了！

　　球说它叫灵珠子，别说，挺可爱一小孩，还特别厉害，厉害到连我都打不过！咳咳，但是球说他以后要成为我家小孩，虽然性格有点别扭，但是孩子嘛，当然是可爱最重要啊！

　　不说了，我吸孩子去了！

问题描述：老婆怀了十月了还没生怎么办？

| 关注问题 | 写回答 | 邀请回答 | 好问题1782 | 78条评论 | 分享 |

 李靖

　　谢邀。

　　十月没关系，只要不是三年就好。

　　啊，被认出来了，对，还是我，球也还是那个球……它真成我家孩子了，可是它不出来！

　　三年其实也不算长，忍忍就过来了，只要不再来个三年就好……

问题描述：有一个叛逆不听话的熊孩子是一种怎样的体验？

| 关注问题 | 写回答 | 邀请回答 | 好问题4854 | 73条评论 | 分享 |

 李靖

　　谢邀。

　　嗯，没错，又是我。

　　那个球……算了，匿了，打球去了。

摘星

特别出演 狐姬　　友情演出 劳模群演们

CAST: 领衔主演 国主辛　　PRODUCER: 鸭先知

ZHAIXING ZHAIXING
01

　　总有人以为当一国之主很爽，太子辛以前也如此认为。

　　不同于别人的幻想，太子辛有得天独厚的条件，他是真的有南面称孤的资本。太子辛年少时是老国主骄矜的嫡子，长大后便是王朝尊贵的君主。

　　太子辛占着这个身份，享尽了福利，除了尽一个太子的职责，剩下的时间招猫逗狗，翻墙上树，每月都要溜出皇宫十余次。老国主无奈，给他配备随身的侍从，每次太子辛从他们的眼皮下溜走，回来后他爹又会塞几个侍从过来。

　　久而久之，太子的宫殿人满为患，太子辛出了殿门，身后排着的长队走了一刻钟才全部出来，这时候太子就不太像个太子，像个蜈蚣头。太子辛折回头要去如厕，身后乌泱泱的侍从又要给他让路，跟哪吒破海一样，他又艰难地在人群里游回去。

　　太子辛只能换个消遣方式，去学堂监督他的两个兄长念书。他给两人分工，早早给他们做了职业规划：以后在朝堂上一个帮他治理群臣，一个给他搜集八卦打小报告，太子辛对兄长的功课比太傅还要上心，两个哥哥因此累得接连生病。太子辛被他的君王爹打了顿手板，才消停不少。

总而言之，他的日常生活非常滋润，坐吃等爹死，好不惬意。

天有不测风云，太子辛做了几年闲散太子，皇室内部突然传起了一个流言：说是宫内大臣听了自己同门师弟透露的秘辛，他师弟跟随师父去天上参加三教会议，其中天教跟地教明争暗斗多年，这次地教终于捉了个由头想要扩大自己的势力，听上头的意思，要兴新灭旧了。

这几年王朝基本处于被周边分散势力围殴的状态，像狮子身上爬满了蚊虫一样，拍一巴掌倒是能清静一会儿，但很快又被打游击般包围骚扰，烦不胜烦。

大家听了这个秘辛，麻木地点点头，默认这个国家要玩完，立刻争分夺秒享受最后的皇家待遇，遛鸟打牌斗蛐蛐。

太子辛走到学堂，他的两个兄长也不念书了，一个坐在鱼塘边，盯着满池的锦鲤托腮忧郁，太子辛过来的时候，他深沉叹一口气："生存还是毁灭，这是个问题。"

另一个兄长坐在屋内，拿草叶编蝴蝶，蝴蝶两只翅膀硕大，立在之前写满了课业的竹简上，被困在治国安邦的文字间。

看太子辛过来了，兄长朝他招手："你一向被架在太子位子上，寻常小孩玩的都碰不到。难得有机会，哥给你编个小兔子？"

太子辛心里有些难受。

太子辛的叔父子旰过来寻他，子旰比他年长五岁，七窍玲珑，目达耳通，深得民心，已经在朝堂辅佐君王。他对自己这个尚且稚嫩的侄子、未来要辅佐的君王，难免多几分恻隐之心。

叔父拍了拍太子辛的肩膀，安慰道："以后的事以后再想，先把现在该做的做好，你父王……想了个法子。"

虽然很不靠谱。

叔父没有把后面的话说出来。

老国主不靠谱的法子就是把自己儿子安排去修仙，赶在天上那几位领导把灭国的计划制订出来之前，让他先在三教里混得一席之地，之后再在其中慢慢周旋。

太子辛一脸茫然地开始了自己的修仙之路，这条路显然没有当君王的那条好走，真正做到了"王侯将相，宁有种乎"，就算是一国尊贵的太子，也像皇宫外的万千黎民百姓一样，没有多少捷径。

老国师从早上公鸡打鸣就站在太子辛的寝床前，跟满屋密密麻麻的侍从一起沉默地等他起床。本国信奉天教，太子辛每天从醒来就开始钻研教义，接着去湖边跑十个来回强身健体，为了近期的选拔考试疯狂刷题，《五年修仙三年模拟》被写得卷了边。

不仅如此，就算以后能够做个小仙，要想在三仙大会上能够说得上话，还要看职称，起码得部级正职。因此太子辛挑灯苦读，不光要写《论人才流失对天庭上市教派的财务绩效影响研究》，还要熬夜抱着古籍查重，日子过得十分惨淡。

天教的教义为截取天机，学到后来太子辛感觉明明是自己被截走了生机。

他抱着卷子，沉默地冲着天上比了个中指。

太子辛学得快没有人样的时候，转折来了。

天上派来的公务员姜登门拜访，跟老国主在殿中商谈了一天。

等太子辛被准许进去的时候，老国主在椅上坐着看向他，姿态沉默像一尊石像，凭空老了十岁。

公务员姜把来意跟太子辛复述一遍：天上人才匮乏，要有一次大的人事调动，此事中太子辛的王朝占着举足轻重的地位。

简而言之，天上那群人要看新旧两国互殴，借此让三教弟子得以上天入职，扩大人才引入。

天教力挺旧国而地教庇护新国，但天教势力日渐式微，面对来势汹汹的地教显得心有余而力不足。

现在摆在老国主面前的只有两个选择：要么拼死一搏，争取渺茫生机，若是战败则国将不国，百姓流离失所，尸横遍野；要么配合天尊布置的一盘好棋，自己溃败瓦解，任由新国势力攻破城门，将伤亡减到最低。

不管他们再怎么努力，生与死，兴与亡，不过是天上神仙欣赏两窝蚂蚁打架罢了，谁输谁赢并不重要。

公务员姜看着这对父子沉重的脸色，安慰了几句，又把地教让他代为转达的最后优待条件拿了出来：作为回报，太子辛免去修仙种种坎坷，直接位列仙班。

老国主沉默片刻，应道："那就这样办吧。"

他作为一国之主，不仅要考虑自己的子嗣，还要忧心黎民百姓。就算新朝灭旧朝，国还是那个国，人还是那些人，不过是坐在上头的掌权者变了而已。

公务员姜得了回复，也长长地叹了口气，拱了拱手，躬身向老国主作揖。

太子辛离开的时候又回头看了一眼老国主，渐西的落日拉长他的影子，淡淡

GUOZHU

地铺在地上，像千百个在滚滚历史中被湮没的帝王。他的肩膀宽阔，如同一座不倒青山。

太子辛终于成了国主。

公务员姜要去新朝就任，骑着他的四不像坐骑告别，临走前国主辛将他送出宫去。

国主辛从小到大学的是帝王之道，还没有消化好自己今后要反其道而行之的任务，此时非常需要就业指导，于是定定看着他，问："他们有人帮，怎么我们就没有？"

公务员姜叹气："本来是有的，原本我有个师弟要帮你们，结果新申请的坐骑要考驾驶证，到现在他还有科三没过，要多耽搁几天。"

原来如此，国主辛点点头。

公务员姜又拿出三个锦囊来："师弟没来的时候，我可以给你们留点东西。"

锦囊落地，窜出来一只九头雉鸡，一头九尾狐狸，还有一把玉石琵琶。

狐狸一落地就连忙抱住了自己的蓬松尾巴，怒道："你看清楚点扔，这里全是沙子，弄脏毛可怎么办？"

国主辛拨弄了一下琵琶的弦，一丝乐音都没有发出来，琵琶沉默片刻，冲着国主辛："呸。"

剩下一只欢乐的走地鸡，活蹦乱跳跑了几圈，真诚地发出了鸡叫："有帅哥吗？"

公务员姜讲解道:"这三只是轩辕大妖,修炼千年,奉天神之命来助你一臂之力,我们的建议是，你把她们纳成妃吧。"

国主辛看着自己非人的老婆，顿时感觉前路茫茫，眼前一黑。

国主辛把三只妖怪供在了自己殿内，心里愁云惨淡。

狐狸坐在他的身边，陪他看宫墙上空舒卷的云缓慢移动，抱着自己的尾巴梳毛。她的一身皮毛油光水滑，柔软暖和，是只顶好看的狐狸。

看国主辛又叹了声气，狐狸犹豫再三，分了只尾巴给国主辛，纡尊降贵安慰他："摸吧，不客气。"

玉石琵琶精被放在贵妃榻上，不怎么爱说话，日复一日沉默。

狐狸解释："你给她点时间缓缓，每只琵琶在制作好后都认定自己嫁给了第一个使用者，你在她心中是二婚。"

九头雉鸡从房顶上飞了下来，自从她来了以后，国主辛屋脊上面报时的公鸡都被她打了下来，占据了视野最高点的有利位置，津津有味蹲守宫内各色美男。她的九个头各司其职，看遍了皇宫里的八卦，每天不是感慨"哥哥我可以"，就是兴奋"哥哥你们可以"，叫声不是"咯咯哒"，而是"嗑到啦"。

九头雉鸡立刻参与了话题，热情洋溢地扑了过来自荐："我不是二婚！"

狐狸一爪子攥住了她的鸡嘴，立马有另一个头伸过来委屈辩驳："我真不是。"

狐狸怒道："你确实不是，但凡是个好看的你都能喊老公！"

国主辛看她们打闹，心里舒朗了些许，给她俩剥了两颗葡萄。

公务员申带着他的新坐骑终于来了。

来了第一天就在都城巡视了一圈，考察完周边状况，问国主辛："你真的不考虑把新国灭掉？"

国主辛嘴角一抽，怀疑是上头派人来钓鱼执法，眼观鼻鼻观心沉默不语。

公务员申恨铁不成钢道："你现在趁这新朝的老国主那一帮子嗣还不成气候，找个机会做掉他们，就算公务员姜再神通广大，把天尊他们请下来，也没法延续其王朝的气运。"

他比画了个手起刀落的动作，鼓励道："不要尿，就是干。"

国主辛突然看明白了："你是不是在跟你师兄斗气，拿我们国家当筹码？"

狐狸抱着一碗葡萄吃，冷漠反驳道："国主辛你别听他的，现在一群人趴云上正看我们直播呢。压你输的仙家有八成，要是有什么别的心思，保准还没动手就小命玩完。"

公务员申冷哼一声，倒是没有反驳。天尊一向偏爱师兄，这次负责封神的工作更是私下给了他这个师兄，半点让他们公平竞争的意思也没有。他确实想借这次任务挫挫师兄的傲气，但也没有要把别人的命搭进去的意思。

他性格争强好胜，就算是来帮倒忙，也要帮得声势浩大、有板有眼，绝不让师兄在对方那里做个闲散丞相，轻轻松松把功劳收入囊中。

他被封了新任国师，立马开始了谋划，计划书写了五个版本供国主辛挑选，还凭借极佳口才忽悠了不少同门下山协助。

"演，都好好演，剧本都给你们发到手里，难得能升职，千万别省力气。"新晋国师把众仙安排得明明白白，插入朝堂，辅佐帝王。

一场大戏开幕。

　　九头雉鸡过来汇报今天的工作情况：她遛出宫偷摘了老李头家的桃儿，赊了胭脂铺子一大笔账，还踹了往她身上抹泥的小破孩的屁股。

　　狐狸拿着考核表，评级打了个 B-，非常惆怅："我有时候就在想，你跟琵琶过来是工作还是在度假。"

　　国主辛也汇报自己这边的战果："今天把一个老臣气得告老还乡，顺便借着边境战乱，惹得激进和保守两派大臣对骂了一个时辰，身边的侍从偷偷出了宫，跟书铺里写宫中轶事最火的老板爆了不少料，保准几日后大家谈的都是我为了你们几个宠妃昏庸无道的传闻。"

　　此时国主辛已经继位，成了新的君王，百姓正是对新王好奇的阶段，每天都在搜寻大量的八卦。

　　狐狸她们几个也化了人形，子旰做白脸，她们扮黑脸，在群臣面前一唱一和，离间人心。

　　自古以来一国的内部溃败都是从君主开始，轻则庸碌无为，是非不分；重则劳民伤财，草菅人命。国主辛拿出自己之前做太子时总结的笔记，翻阅前朝都是因为什么改朝换代，一步步落实那些应该规避的问题。

　　已经化名为狐姬的狐狸给他评级 A+，欣慰了不少。

　　前些日子国主辛给狐姬建了酒池肉林，起了摘星高楼，九头雉鸡参观一圈，两眼含泪："道理我都懂，为什么肉林非得挂鸡肉？"

　　被狐姬捏着腰上的肉训了一顿："再吃，别说当什么祸国妖妃，下火锅还差不多。"

　　玉石琵琶玉贵人倒是没什么反应，在贵妃榻上换了个姿势，当一个沉默的花瓶美人。

计划在龟速前进。

一方面国主辛在朝堂内制造矛盾，另一方面国师游说来不少仙人跟敌国发生冲突，按道理内忧外患都该来了，百姓却莫名自信。

"他爱给自己搭个零食屋就搭呗，当君主的难道这点权力都不能有吗？"

"别听那些洗脑包，说什么滥杀无辜，残暴不仁，你知道咱们君主之前一拳打死过得道千年修得火眼金睛的白面猿猴吗？你知道咱们君主之前反击东夷，开疆拓土，保卫国境吗？你什么都不懂，只会听谣信谣。"

"大臣吵归吵，边境斗归斗，不都是为了我们百姓吗？君主的叔父子旰还在朝中坐镇，有什么可慌的？"

"等等，你是咱们君主黑粉吗？"

被派去散播谣言的侍从被当作黑粉打了回来。

公务员申又接到了上头下发的进度催告单，冷哼一声没有理会。

狐姬抱着一筐葡萄吃，慢条斯理用袖子擦了擦沾满汁水的狐狸爪子，锦缎华裳立刻染上一大片脏污。她把催告单拿来看，也笑了："为了什么人才引进，强行断人家王朝气运，做这种缺德事还要嫌速度慢？"

子旰立在一旁，不知道思考些什么，良久后做了决定，对他们二人道："百姓和群臣都难以离间，归根到底是因为我罢了。"

子旰历经两朝，忠君爱国声名在外，可以说是百姓心中的定海神针，民间有句话流传甚广：子旰在，江山在；子旰存，社稷存。有他在国主辛身边辅佐，谁都不会觉得能出什么大事。

"要想走到众叛亲离那一步，又不能有任何可转圜的余地，我就不能留在国主辛身边。"

公务员申跟狐姬面面相觑，隐隐猜到了他后面的话。

子旰道："我生于此地，自然不可能叛逃到敌国，只能身死殉国。"

公务员申叹道："你就准备让国主辛毫无防备接受你的死亡？"

子旰回答："他不会同意这个计划，要保全我就不会动摇王朝，不动摇王朝最后只会跟敌国两败俱伤，这是盘死局，他破不了。"

狐姬看着他："国主辛不会原谅你的。"

子旰颔首，笑了一笑。

国主辛上朝时隐隐感受有些不对劲。

他敏锐地发现国师没有像往日一样，不动声色搅乱屋内汹涌暗流，只是沉默听着群臣进谏。

为了显示痴恋美色、不理朝纲的废柴人设，狐姬向来窝在国主辛怀里一起上朝，但她此时没有什么表情，垂着头避开了他的视线。

诡异气氛被堆到最高点时，国师站了出来。

他们逼迫国主辛的理由很简单：狐姬身患重疾，要子旰的一颗"七窍玲珑心"才能有救。

连小孩都不会信这荒唐话，但此时越荒谬却越威力巨大。

朝堂顿时炸了锅，一改往日大家假模假样的和睦景象，齐齐将矛头对准了国师和狐姬两人。

国主辛慌忙中看向子旰，但是从他眼中的从容镇定看出了他是这计划中无法缺席的参与者。子旰偷偷冲他摇了摇头，用眼神按住他，做了个嘴型：别动。

狐姬站了起来，走向子旰。她的身姿依旧弱柳扶风、柔美动人，披帛松散搭在她的臂间，实在是个祸心美人。狐姬抬起手来按在子旰胸膛之上，腕上金镯碰撞出琳琅乐音，抬起头一副天真懵懂模样："我病得厉害，这心你给还是不给？"

说话间，已经从衣袖中抖出一柄匕首，塞到了子旰手中。

国主辛浑身发冷，目眩头晕，想要大喊大叫阻止这一切的发生。国师站在他的身边，一只手状似无意碰触着他的身体，顿时就有千钧力道压了下来，把他镇在椅上，连声音都被堵在喉口。

众人眼睁睁看着子旰接过了匕首，跟随国师走了出去。

子旰面向都城中心，把匕首对准心脏。

狐姬看着冷冰冰的刀尖，往心口插进去，都要把那颗心冻僵了，于是叹道："还是让我来吧。"

狐狸的指头纤细白皙，平日里吃葡萄的时候指尖捻着一点皮慢慢撕开，十分赏心悦目。此时指甲暴长，尖锐地抵上了子旰心脏，也依旧是剥葡萄一般慢条斯理，动作稳妥。

狐姬向子旰告别："有机会，天上见。"

子旰点点头，没有看向逐渐没入自己胸口的锋利指甲，只是抬头看着天空："这里的云可真美，可惜以后再也看不到了。"

国主辛每次坐在殿外看云，大概也是想的这些。

子旰觉得自己有点懂那时的国主辛了，国主辛以后也会懂现在的自己。

狐姬捧着子旰的心回去。

大殿里已经把人清空，国师指了指后面，说国主辛在酒池。

狐姬想了想，不再去找他，让他自己待着冷静一会儿。等子旴被逼杀挖心的消息传出去，王朝运势损失大半，民心大乱，一切都会铺垫就绪，用不了多久就要交战。

国主辛不仅要承受丧亲之痛，紧跟而来就是丧国，在天命的推波助澜之下，落在谁的头上都未免显得过分残忍。

ZHAIXING ZHAIXING
12

百姓反扑的情绪来得很快，之前模棱两可的谣言立刻被证实，不用再去费心就有人把捕风捉影的传闻说得更加真实。朝臣也走了大半，没人再去费心理政，整个国家陷入动荡，民生凋敝。

国主辛在酒池喝酒，醉了好多个日夜，琉璃盏捉在他手里，酒液将洒未洒，他难得有一会儿清醒的时间，问狐姬："现在是什么进展了？"

狐姬坐在他身旁，一五一十跟他汇报："对方已经集结好军队，不日就要攻打过来。"

"好，好。"国主辛把酒盏摔出去，"你们的计划现在终于圆满了，满意了吗？"

狐姬沉默不语，看他发癔症一般疯疯癫癫。

国主辛捂着脸大笑起来："以前我还想着，大家都是被上面一帮废物神仙愚弄的可怜人，所以总觉得要互相照应一些，结果最后忘了你们也是跟我对立的，为的就是败我王朝气运，断送祖宗基业。可笑，可笑。"

他趴在酒池边，疲惫地垂下头去，酒液沾了满脸："我竟然一开始没有把公务员姜斩杀在都城，什么狗屁天道，视人命为蝼蚁，以万物为刍狗，因私欲生灵涂炭，还要灭人喜怒顺应上天，难道这就是神仙所谓的仁心吗？他们这游戏我不玩了，不玩了！"

他也曾经少年意气好不风流,他也曾经雄韬伟略壮志踌躇,天命的大手压下来,两国人的命运就如同散沙被重抹,化为棋盘上的黑白子厮杀。

狐姬看着国主辛,知道现在不论是剥葡萄还是撸尾巴都无济于事,索性拿了干净帕子一点一点把他的脸擦干净,轻轻笑了出来。

狐狸除了在人面前演戏很少笑,这柔软的笑意比风柔软,比都城最娇艳的花朵动人,她应道:"那咱们就不玩了。"

ZHAIXING ZHAIXING
13

狐姬攥着湿透的帕子回了寝殿,从床底拖出只宝箱来,选了两柄长剑颠了颠。她本来是吸收日月灵气化形的狐狸,使起宝剑来并不是十分顺手,狐姬最擅长的还是魅惑之术,只一眼就足以勾魂摄魄,这也是她被派来搅乱一国气运的原因。

雉鸡见她把家底都掏了出来,惊疑道:"姐姐,你要干吗?"

狐姬终于选好了兵器,意简言赅回答道:"去砍人。"

要想把支离破碎的气运重新接好,只能劫敌营杀他们的大王,把对方的气运掳过来。

雉鸡大惊:"这是自寻死路,公务员姜带着一众仙人在阵前驻守,就算再修炼千年,姐姐也不会是他们的对手。"

她又低低念叨:" 也不会放过你的。"

狐姬挽了个剑花,闻言又笑:"我怕过吗?他们可以不仁,我不能无义,以前做狐狸时总被欺负,以为化出人形就能顺心自由。不承想费尽千辛万苦修炼成妖仍然有天高压一头,照样把人当作牲畜。我忍了他们几百年,没法再忍。我既然能化形成人,就要像一个真正的人一样不受拘束地活着,为此身死形消也在所不惜。"

127

雉鸡听罢，低头也寻找趁手武器："你说得对，我当雉鸡时候被黄鼠狼追着跑，当了鸡妖还要被天界指派干这做那，日子过得忒不顺心。国主辛不嫌我爱帅哥，还送来王都美男图鉴，我愿意为他跟天道搏命。"

玉贵人靠在美人榻上，静静听她们说话。她依旧不爱动弹，做自己的花瓶美人，这次却难得开了口："把我的法器也翻出来吧。"

公务员姜在等候她们。

他看三人前来，叹气："我算准你们会来，特意等在这里。现在回头既往不咎，背叛天神背叛三教，责罚不是你们能承受得起的。"

暮色四合，几万黑压压的军队围困此地，大地被人压得沉默厚重，连黄尘都不飘荡，铺展出浩大壮阔的战场，狐姬三人在其中宛如离群飞鸟，无比渺小。

她们举起剑来应战。

这一战打了一夜一天，天兵天将被搬来助阵，天雷滚滚。到最后三人妖力溃散，几乎连人形都维持不住。

国主辛在摘星楼望月，月色泛红，一轮血月照大地。

他似有感应，探出大半截身子，把狐姬从窗外捞了进来。狐姬的尾巴已经收不回去了，平常最爱干净的她一身血污，连站立的力气都没有。被国主辛从窗外拽回来，却是先宽慰他："我虽然没打赢，但战场上两军兵马对接，我军倒戈，反而没什么伤亡。"

国主辛看她伤痕累累的身躯，疑虑："你背叛天神，怎么不赶快找地方藏好，王朝现在已经是强弩之末，自顾不暇，护不了你。"

狐姬怒道："我不过是这里的葡萄没有吃够，谁要你来保护。"

神情嚣张跋扈，跟初见时没什么两样。

她把一旁案几上的果篮抱过来，捻着水果往嘴里送："我以前当狐狸的时候够不到葡萄架，别人总说这狐狸吃不到葡萄说葡萄酸，我就老以为葡萄是世界上顶好吃的东西，现在吃到了，其实真的好酸。以前还以为当人能够不被欺负、自由自在，现在当过了，反抗了，也自由了，痛快了，我没有亏。"

云渐渐飘来，压住了半轮月亮，隐隐有千军万马铁蹄纷沓的动静传来。

国主辛望向狐姬："你来是不是猜到了我要做什么。"

狐姬坦然道："你不会甘愿归顺，也不愿听应天命，所以选择火烧摘星楼，在最后亲手给都城点一颗星。"

国主辛拿起烛台来点燃窗帷，火苗顺着布料舔了上来，沿着地上洒落的酒开始蔓延。

国主辛坐在狐姬身旁，给她剥葡萄吃，葡萄虽然酸，但多吃几颗总能碰到几颗甜的。

他们坐在火海并肩赏月。

◄▶ **END**

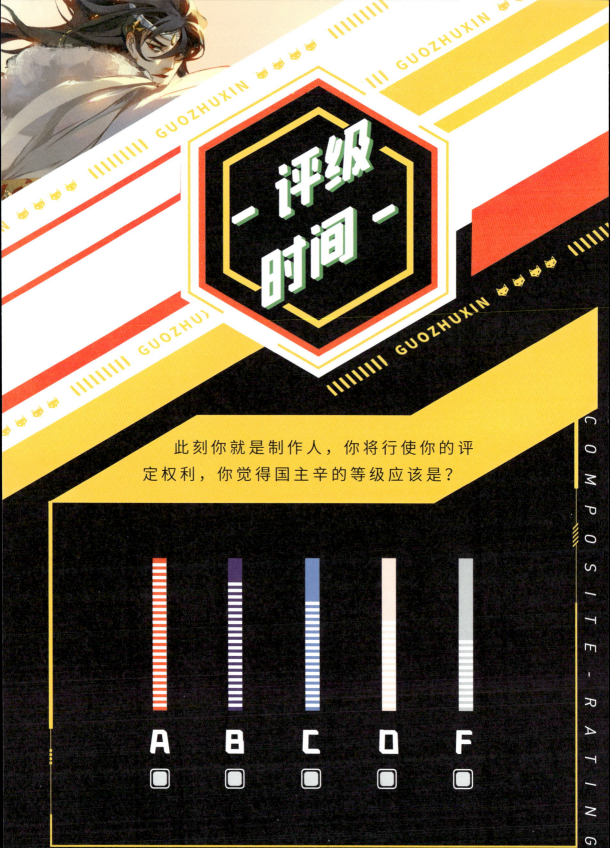

评级时间

此刻你就是制作人，你将行使你的评定权利，你觉得国主辛的等级应该是？

COMPOSITE-RATING

A　　B　　C　　D　　F

国主辛

我家爱妃亲手给我剥的葡萄~

都城·皇家国际娱乐

5分钟之前　收藏

♡ 爱妃、国师

爱妃：么么哒！比心！

闻太师：大王，咳咳，这样不太好吧……

叔父：呵呵。

姜某某：呵呵。

岳父：呵呵。

大臣甲：呵呵。

姬某某：emmmm……

论如何当一只好鸟

CAST：领衔主演 孔宣　　特别出演 平安　　友情演出 鹏明　　PRODUCER：瑞迟

1 孔宣

落凤坡是个好地方。

青山葱翠，古树参天，林中最深处有一泉净池，自天地初成时便存在，滋养了不少奇珍草药。于是，山下总有些无所畏惧的青年上山来挖草药，但往往都有去无回，因为落凤坡最不缺的就是精怪灵兽。

忘了说，我就是其中一个，而且还是资历最老的那个。

那时天地混沌初分，万物尽生，走兽以麒麟为长，飞禽以凤凰为长。而凤凰又得交合之气，育生孔雀、大鹏。

而我就是那天地间的第一只孔雀。

作为上古神鸟凤凰之子，我虽没有我胞弟那样硕壮奇大，也不敢他振翅而上九万里那样又远又快，但回回和他打照面，他总要绕着我走。

原因无他，我天生有五支本命羽，由其演化而来的五色神光在天地五行内无

物不破，无论是强大的法器还是我看不顺眼的散仙，一旦遇到我这五色神光，都只有被收走的命。

直到有天，我一不小心把修成丈六金身的如来也收了去。那笑眯眯的胖子出来后到处说我最能吃人也就算了，竟然还不经我允许就把我这打遍天下无敌手的天生神力给封印了？

"你出世之时天地混沌初分，浊气未尽，虽为神鸟之后，但也牛性为恶。神佛仙圣，不分善恶，不净混沌之恶，怎可驾驭天地神通？"

之后那胖子啰里啰唆讲了一大堆善恶是非什么的，我一句都没听懂，我只知道一道金光闪过，我手腕处便多了一圈九朵金莲形状的印记，若隐若现。

九朵金莲，这便是那胖子口中的封印。

我体内的混沌之恶被放在落凤坡的那泉天地净池中，每净化一方，便生出一朵金莲，待到这一池子的混沌之恶全都净化消失之时，能正好不多不少开出九朵金莲。

彼时，金莲归位，封印解除，混沌清，神力出，我才算真真正正成为一位性善而强大的神，永受世人供奉膜拜。

我不明白如来口中的善恶，也不稀罕当神，我只想要回我的五色神光。

所以我没事儿就去那净池旁待着，看看那混浊发黑的池水今天又清了几分，数数那开花的金莲已经有了几朵。

日子过得很快，我常常躺着池边的梧桐树上无所事事地打个盹，一天就过去了。

日子仿佛又走得特别慢，又过了整整几万年，我终于才盼到第九朵金莲冒出了小小的花骨朵儿。

我更加寸步不离地天天围着池子转，倚着古树、坐在石头上、卧在池边，总之是眼巴巴等着池底那最后一丝混浊之物被彻底净除掉。

春色缱绻，净池边的奇花异草开得热烈，我躺在梧桐树上最高的那根枝丫上，还是被熏得晕晕沉沉，最后也不知是香气还是倦意，总之我一歪头便睡着了。

等我睁眼醒来发现日头才过正午，从树缝里漏下来的阳光影影绰绰，明亮得有些晃眼，晃得我有些数不清池子里的莲花了。

一、二、三……七、八？

嗯，八朵。等等！八朵？！

我一个激灵坐起身，仔仔细细又从头到尾数了遍。和风拂过偌大的净池，轻晃的莲叶簇拥着的金莲不多不少，只有八朵。

是哪个吃了熊心豹子胆的家伙，竟敢在我眼皮子底下偷金莲？！

我当下便寻了出去，没费多大的力气就在山脚找到了那人——腰侧挎着一只药篓，里面隐隐闪着金光，就是他了！

我截住了他，还没开口喝一声小贼哪里跑，却突然愣住。

万万没想到一路躲过妖兽来到林中最深处偷了金莲的小贼竟是个小屁孩儿？

小屁孩儿看样子不过十岁出头，小小的身板歪歪地挎着个大药篓，一身布衣，脖子里挂块小银锁，上面刻着平安两字。

"大彩、彩鸟？"他盯着我有些发怔。

我很不满意自己神鸟之子的身份就这样降了不知多少级，但我暂时也没工夫替自己正名，因为我饶有意味地打量他的脸。

小屁孩儿长得挺有福相，眉正眼圆，额头饱满，唇红齿白。说实话这么多年了，我还是头次碰上这么俊俏清秀的小贼。

其实如来之前的话说得不错，我是能吃人，隔着四十五里能把人一口吸进肚子里。但我和那些见人就吃的妖兽不同，它们吃人是补气，而我天生神力强大，所以我吃人是为了补形，就喜欢挑漂亮的人吃。

但自从被封印了神力后，我好像很久都没开过荤了。

可还没等我张开口，一支暗箭就擦着我的脸飞过。

"当心！"只见那小屁孩儿向我冲来，一把将我护在身下。

清苦的草药气息是比那浓郁的花香好闻多了，但我却蒙了，不是因这香气，也不是因这暗箭。

我堂堂神鸟之子修炼而成的人形好歹也是个面容俊美的八尺男儿，怎就被一个小屁孩儿护在怀里？

我总觉得哪里出了问题，低头一看才发现——天！

刚刚匆忙追出来，我竟然忘了幻化人形？

❷平安

落凤坡是个好地方，和金鸡岭不一样，这世间最罕见的稀奇草药都能在里面寻到。

尤其是这林中最深处的一泉净池，听闻里面的金莲每亿万年才会开一朵，可治世间百病。

但落凤坡也是个危险的地方，听说里头有面相憎怖丑陋且会吃人的妖怪，凡是去的人，几乎没有能平安回来的。

可就算搭上性命，我也要进去摘回一朵金莲——为了师父。

乱世年代，战争就像田里的杂草，割了一茬便又迅速冒出来。

师父是个大夫，大半辈子救了无数人却没救得回在战争中去世的妻儿。于是，当师父捡回了尚在襁褓中的我后，便把他儿子的平安锁挂在了我脖子上，并给我取名为平安。

师父说我天资聪慧，可他在我耳边念叨最多的却是："小平安啊你可要争点气，在这动荡乱世中给我一辈子平平安安的。"

等连年的烽火好不容易消停了，百姓的日子刚安稳了没几年，一场瘟疫又肆虐横行，待疫情差不多得到控制的时候，接连几月四处奔走救人的师父也终于支撑不住倒下了。

师父倒下后，有嘴碎之人说师父是染了瘟疫才病的，我和师父便搬到金鸡岭附近的一座山上，一来为了不搅得周围邻里们人心惶惶，二则是为了让师父好好养病。

师父眼看着一天天消瘦下去，可他还竟还能扯出个虚弱的笑来安慰我。

"别老皱着眉啊小平安，师父这次难得有这么多时间睡觉，挺好的。你不知道，我最近常常会梦见阿音抱着儿子坐在窗口冲我笑，唉，若他们还在的话，我儿子该跟你同岁吧。所以小平安你可得给我好吃好睡，永远平平安安的……"

我听不下去了，趁着师父再一次睡过去的时候，拿过药篓子向落凤坡赶去。

我要摘回金莲！我要平平安安的，师父也是！

进了落凤坡后，妖怪没遇上一个，陷阱暗箭倒是碰到过几回，都是那些道士武者为了抓灵兽放的。

一时间，我竟然不知是该躲妖怪，还是该避着人。

许是老天爷真的听到了我出发前的祈祷，在寻了整整三天后，我终于找到了那盛开着金莲的净池。

我挑了最小的那个花骨朵儿，我不贪心，只要小小的一朵给师父做药引子就够了。

我摘下金莲的那一瞬间，兴奋得有些恍惚，池面微波涌起，一丝黑影闪过我也没在意，只想着赶快回去。

果然，回去的路上又遇到了那些放暗箭的。这次还差点伤到一只突然窜出的彩鸟，还好我反应够快将它救了下来带回去。

毕竟从小跟着师父身后，看见一只蚂蚱断了腿，我都会下意识想帮它包扎。

安顿好昏迷的彩鸟，熬好药喂师父喝下去，趁着天色还早，我打算去趟七弯巷的南顺斋，师父最喜欢吃里面的枣仁酥了。

KONG XUAN

傍晚，当我提着枣仁酥晃悠着回家的时候，远远地就看见自家平时连只野猫都很少见的小院门口竟站着个男子。

男子一袭黛青衣袍，长身玉立，手里拿着把小巧的五色羽扇，转过头来的那张脸俊美绝伦，竟比我看过的所有画里的谪仙还好看上几分。

只不过这个绝美男子脸上的表情可不太友善，一双狭长的丹凤眼紧紧盯着我，那目光像是能把我吃掉。

我强装镇定地从他身边走过。

"喂！"那美男朝我喊了声。

我继续目不斜视地朝前走着："师父近日身体抱恙，公子若是看病还是请另寻高医吧。"

我话音还未落，便听见那人开口："金莲在哪儿？"

我一惊，心想这人莫不是要来抢金莲的？

"装不懂？"那美男眯起眼，"偷了我的金莲，还不知用什么草药把我迷晕从落凤坡掳回来，小屁孩儿你能耐这么大，怎么就这等记性？"

他的金莲？从落凤坡掳回来？

思绪混乱之时，我瞥见他脸侧有道不起眼的伤痂，像是锐利之物所致。我下意识向院子里安放彩鸟的笼子看去，里面空空如也！

我好像明白了什么，顿时太阳穴突突跳了起来。

完了！我是不是救了一只鸟妖？

3 孔宣

呵！妖怪？！

我活了这么久还是第一次被当作鸟妖，像这种无知又愚蠢的小屁孩儿，就该一口吞掉！

可是我不能，因为他还没坦白他到底把金莲藏哪儿了。

"最后再问你一遍！告诉我金莲在哪里？不然我就把你吃掉！"

对面的小屁孩儿正优哉地吃着一块糕点，显然不把我的话放在心上。

因为三天了，我恐吓他的反反复复就这一句话。

更因为我在第一天就纠正过他，什么彩鸟？什么鸟妖？我孔宣可是神鸟之后，有了这最后一朵金莲就能上天封神的。

"那你就更不能吃我了，就算拿回了金莲，不救济世人，不做到性善慈悲，怎么当神仙？"

这小屁孩儿怎么和那如来一样净说我听不懂的话？

"喂！"我刚开口就被塞了块豌豆黄。

面前的小屁孩儿噘着嘴一脸不开心："阿宣啊，我都记住你的名字了，你怎么还记不得我的？"

"我叫平安，是要一辈子好吃好睡、平平安安的平安。"

我算是看出来了，这小屁孩儿，哦不对，小平安是不打算告诉我金莲的下落了。

小平安每天不是在他师父床前悉心照料着，就是背着药篓上山去采药。

"师父一直想有家自己的药铺子，我要多摘些昂贵的草药去卖，一边攒着钱一边等师父身体好起来，到时候我还要跟他一起治病救人呢。"

那些稀缺的药材长在险峻的悬崖峭壁上，小平安就专门往那上面爬。他是不怕没命，我可紧张得要死。回回跟在他身后提心吊胆的，就怕哪天他小命儿呜呼了，我就彻底找不到那金莲了。

我天天跟在小平安屁股后面到处转，他也不嫌烦，某天傍晚我跟着他卖完药材经过市集某处的时候，他竟还要请我吃东西。

"我每回卖药材谈价钱的时候，要不是你站在我旁边给我壮胆，不知道那些

药铺老板看我是小孩儿会怎么欺负我呢。"

小平安抠抠搜搜地从钱袋子里扒出几枚铜钱塞我手里："来，这钱你拿去，想吃啥就买啥！千万别客气！"

我向来对人间的什么糕点小食不感兴趣，我只关心我的金莲。

"切，天天张口闭口金莲的，阿宣你可真没意思。"小平安作势要拿回铜钱，"不吃拉倒，钱还给我，我还要攒着以后给师父开药铺子呢。"

"攒了那么多钱也没用，你不清楚吗？你师父等不到开药铺子了！"

小平安那双清亮的眼睛突然瞪圆了："你胡说！师父会好起来的！他一定会好起来的！我明明都用……"

小平安欲言又止，看了我一眼没再往下说。良久，他才喃喃道："我就不明白，为什么师父救了那么多人，做了那么多善事，到头来却保不了自己的平安。

"人生病了有大夫，那要是这天下病了呢？阿宣，你不是要当神的吗？神该怎么治这天下的病？"

我不知道该怎么回答这个问题，毕竟我从来都没关心过什么善恶是非，更别谈治病救人了。

但我知道，小平安的师父的确是活不长了，人是有天命气数的，气数将尽，任何的灵丹妙药都拉不回来。

只不过，我没想到小平安的师父咽气后，他的体内竟升出一朵金莲！

"你一直在找的金莲其实一早就被我用在师父身上了，只是没想到还是没救得回他。"

"借用了这么久，现在终于还你了。" 小平安的眼睛都哭肿了，却还能扯出一个笑。

"阿宣，你可千万要当个明善恶、救天下的好神仙啊。"

小平安的话一直在我脑海里萦绕着，我捧着那朵好不容易找回来的金莲，坐在净池边发着呆，我真的能当个性善慈悲的神吗？

良久，我一挥手站起身，算了，当个什么样的神仙过会儿再考虑，当务之急是让金莲归位，拿回我被封印了亿万年的神力才是！

第九朵金莲被抛向池中的一刹那，一阵风吹过，我手腕处的封印也感应闪出一道金光。可等风声停歇后，我看见池中央的九朵金莲却纹丝未动。

奇怪，如来口中的混沌之恶明明已经除尽，为何我身上的封印还在？

我看向完全澄清透明的池水，不知道哪步出了问题。

等等！我突然发现了什么。

为什么这第九朵金莲……少了一瓣儿？！

❹ 平安

昨天从市集上回来的时候，又听说岭南的一户农家大儿子上山后就再也没回来，大家都说是吃人的妖怪跑出来了。

天阴沉沉的，身后时不时有怪风卷来，我想起近日那些传闻，不由得抓紧身侧的药篓子加快了步伐往回走。

师父虽然走了，但他的药铺子一定要开！于是我和以往一样每天早出晚归地去山上采草药换钱，但不同的却是，身后再也没有那个把玩着五色羽扇、目光紧随着我的阿宣了。

所以，我现在的平平安安得全靠自己。

可没想到阿宣才离开没两天，我的小院子就着了火！远远地，我就看见自家小院冒着熊熊火光。

"呦！大哥你看，这小子回来了！"我刚跨进门便听见当头传来笑声，我抬头一扫，院里站着四五个拿着长剑扛着大刀的男人，一副早在这儿候着我的架势。

我暗叫不妙，刚想退后逃却被守在门口的两个男人一把擒住。

"小弟弟别害怕，我们就是来找个东西，找到我们就走。"为首的那位生得五大三粗，眉骨处有道长疤一直延到耳后。

"我根本不认识你们！这儿也没你们要的东西！"

"说实话来这儿之前，我也从没听说过你。"那刀疤男笑了笑，"可谁又能猜到，一个毛都没长齐的小子竟能只身一人前往落凤坡，并且安然无恙地带着一朵金莲回来呢？"

我心中一惊，而后便听见面前的男人问道："所以小弟弟，告诉我们金莲在哪儿？

"不肯说？行，那你说出另一个东西在哪儿也成。你可别告诉我这个你也忘了。"刀疤男盯着我笑，"那日你从落凤坡一同带回来的可不只有一朵金莲啊。

"还有一只神鸟。"

我耐心地跟这伙匪徒讲了三遍，他们要的金莲在那只神鸟那儿，而神鸟早已拍拍翅膀飞走去当神仙了。

"我所言句句属实，可以对天发誓！"我刚拍着胸脯说完这句话，老天爷便很不给面子地响了一道巨雷，好了，这下他们真的认为我在耍他们了。

刀疤男显然已经失去了耐心，挥了挥手示意把我处理掉。千钧一发之际，只听见一声厉叫划破夜空，一时间狂风四起，一道巨大的黑影从天而降。

然后我就看见了阿宣，真正的阿宣。

瞠目细冠红孔雀，巨尾如扇，展翅一震便能使方圆数十里狂风大作、飞沙走石。

"大、大哥，出现了……"其中一个匪徒盯着我身后，还没说完便被一阵狂风吸走——阿宣将他一口吞了。

顿时，剩下的几个匪徒四处逃窜，但却还是一个个被阿宣吞进口。

我有些发怔地看着这一切，又是一道巨雷劈过，阿宣已经恢复成我所熟悉的模样。

阿宣缓缓朝我走来，身后的熊熊火光映着的那张脸依旧是俊美绝伦的，可他看着我的眼神却和刚刚看着那伙匪徒般如出一辙，冷峻得有些陌生。

　　"阿、阿宣，你刚刚吃、吃……一个神怎么能……"

　　"有何不妥？"面前把玩着五色羽扇的男人冷冷嗤笑声，"你不是问这天下的病该如何治吗？我来告诉你怎么治，除尽一切的恶来换天下大善！牺牲一小部分的人来成全天下的太平！那些自上古时期就流传下来的感人故事不都是这样演的吗？"

　　我愣愣地看着对面的人："可、可是尽管是神，也不能仅凭一念之间来断定凡人的善恶……"

　　"为何不可！"阿宣突然收住羽扇，双目变得猩红，"那如来尚能凭一己之念说我天性为恶而封了我神通，要我除尽万恶才能成神成圣，可又有谁问过我是否稀罕当那救济世人保全天下的神？

　　"你知不知道，我在那小小的落凤坡等了亿万年，守了亿万年，我等了这么久想做的从来都只是我孔宣！"

　　"轰！"天空中再次响起一声雷，紧接着一道闪电照清了阿宣脚边的影子。那是一只神鸟的模样，巨尾如扇，昂首振翅欲高飞，却被脚上一圈金光牢牢所箍。

　　"最后那朵金莲，你到底还拿去救过谁？"阿宣目光沉沉地靠近。

　　"那缺的最后一瓣你到底拿给谁吃过？！"

　　我看着极近偏执的阿宣，费力回想着关于那朵金莲的一切，没错啊，自落凤坡带回来后我真的只用它熬成药羹拿给师父一个人喝过。

　　我还记得师父向来爱吃甜，我怕药羹味苦，喂他之前先尝了尝味道……

　　等等，所以那金莲的最后一瓣是我？！

⑤孔宣

阿鹏来找我的时候，我正躺在一棵千年古树上小憩。许久不见，他好像又长大了不少，落我身边的时候我感觉整棵树都在晃。

我还没抱怨，他却先嚷嚷开口了："你以前不是向来喜欢梧桐的吗？怎么现在这样随便一棵树都愿意躺？"

我是独好梧桐木，但没办法，这座山头不比落凤坡，方圆数里都见不得一棵梧桐。而我选了身下的这棵树，纯粹只是因为它离那座竹林环绕的小院最近，只要我一低头，就能看见那个忙忙碌碌的小身板儿。

阿鹏显然也发现了什么，他盯着不远处的小平安，饶有意味道："哦，我都忘了，毕竟你现在都能不吃人了，就连最后一瓣金莲近在眼前都能忍住不动手，随便挑棵古树躺一躺有什么不能忍的？"

阿鹏没说错，那天我才没真的吃掉那几个匪徒，吞下后我又将他们都吐了出来，一个个长得歪瓜裂枣的，谁脑子傻了要吃他们？

至于小平安，尽管最后我听见他带着哭腔对我说："阿宣，你少的那一瓣金莲就是我……你把我吃了吧，不过你可得要当个心系天下的好神仙啊，这样我也算死得其所了。"我那天也没吞了他。

牺牲他人来成全自己这种事我可做不出，像那种要危急关头做出取舍、时刻顾全大局、时刻记挂天下苍生的都是那些神要考虑的，庆幸我还不是，所以我没有这种觉悟。

我想通了，反正如今混沌之恶已除，只等金莲归位，在我眼里凡人一世不过蜉蝣一生，我不动小平安的天命气数，等他气数将尽的那刻我再收回他体内的那瓣金莲也不迟。

毕竟这亿万年都等过来了，区区几十年不就是眨个眼打个盹儿的工夫？

我懒懒斜了眼阿鹏："你该干吗干吗去，再扰了我好觉，等我拿回五色神光怎么收拾你。"阿鹏很知趣地拍拍翅膀飞走了，只不过走之前他还丢了句话给我。

"最近这凡间不太平，有不知来历但法力不浅的妖魔在作祟，就喜欢吃人，道人特派我下来打探打探。

"你可别老打盹儿睡觉，看好了你的那瓣小金莲别哪天给吃了都不知道，到时候拿不回你的神力还怎么来收拾我？"

我手腕处的封印抑制不住地隐隐闪着金光，阿鹏还是一样的嘴欠，等我拿回神力的那天第一个就收拾你这只臭鸟！

自那天后，我便再也没有出现在小平安面前，但他的一切我可是都看在眼里。

重新修葺的房子明明丑得要命，小平安竟然还开心得去买来豌豆黄和枣仁酥来庆祝，明明就是他嘴馋要吃。

那日的几个匪徒死里逃生后，小平安竟然脑子搭错神经地把其中那个重伤昏迷的刀疤男给救了？无可救药！简直蠢得无可救药！

还有，小平安为了攒钱开家药铺子简直不要命了，现在外面关于吃人妖怪的风声这么大，可他还是每天挎着个药篓子进山采药卖药。像他这种细皮嫩肉的小孩儿，我要是那妖怪我也第一个吃他。

阿鹏之后又来找过我两次，他还是希望我早点收回最后那瓣金莲，拿回神力。

"那怪物是团黑气，看不清真身，唯一一次交手还让它给逃脱了。我知道天地之中，唯有你的五色神光无物不收，收了那怪物肯定不在话下！到时候你降除妖魔、救济世人，封神还不是迟早的事？"

"不过，要让九朵金莲归位，你那小家伙可能就要……"阿鹏欲言又止，"但若最后真除了那怪物，他也算积德有功，来世会有好报的。"

凡人信来世，但我不信。他们把今生达不到的夙愿都推给来世，就为了让那些遗憾来得心安理得些，明明都是自欺欺人！

且不说来世还能不能投胎做人，就算好人好报投了个好人家，前世的种种记

■ 145 ■

KONG XUAN

挂叮咛怕早已随着那口孟婆汤一饮而尽了。

所以，今生想开家药铺子的小平安，就让他当个想开家药铺子的小平安。

无论是为了解封我神力，还是被冠上拯救苍生的名义，我也绝不允许任何人阻了他的愿。

不过，稚气未脱的小平安要想开药铺子，道路还是十分坎坷的。

比如，今天他又被人给半路截了。

"臭小子！师父都不在了，你怎么还那么有能耐？凭什么城东那药房老板回回都要你摘的草药？呦嗬！今儿还挖到颗人参！刚子，拿走！就当是他孝敬我们哥俩了！"

我眯起眼，要是记得不错的话，上回好像也是那两个家伙截了小平安冒死摘回的灵芝。

呵！我都不舍得动的人他们竟然动手？

我没有菩萨的善良心肠，虽封印了神力，但教训两个凡人还是绰绰有余的。

果然，那两个家伙被我打得趴在地上求饶。

"你、你是那小子什么人？"

我抚了抚手里的五色羽扇，懒懒道："他的命归我管。"

"无论是谁要动他，都先得问过我！"

看着那两个家伙落荒而逃，我莫名觉得神清气爽，悠悠转过身，却一下子愣住。

对面站着个小屁孩儿，明明脸上挂了彩还不怕疼地龇牙咧嘴地冲我傻笑。

"阿宣？！"

6 平安

"阿宣？！"我万万没想到能在这儿再一次看见阿宣，开心得都忘了上回见到他的时候，他还差点要把我吃掉。

阿宣脸上的表情也有些古怪，有些局促不安，那里里外外透着的不自然和上回在南顺斋被我撞破偷吃了枣仁酥的伙计一模一样。

"别怕，我不吃你，你不是一直想开药铺子吗？"阿宣瞟了我一眼，"我可不能为了一己成神，而让这世间少了一个救济世人的小善人。"

"所以放心，等你平平安安走完这一世，我再拿回我的那瓣金莲也不……"

我还没等阿宣把话说完就一下子冲过去挂在他身上，果然阿宣瞬间就不淡定了。

"下来下来！被人欺负得一身泥巴别往我身上蹭！"

我装作没听到："阿宣，你都为了我放弃成神，我今天怎么说也要请你吃豌豆黄！"

"别说得这么好听，是你自己想吃了吧？我才不喜欢那种甜腻得要命的东西呢。"

"那你挑个别的！"

"你今天捡银子了？不要攒钱开药铺子了？"

我嘿嘿一笑："原来阿宣是在替我操心这个。你大可不必担心这个，因为我就快要攒够啦！"

阿宣没猜错，请他吃豌豆黄其实真的只是我自己想吃。但我也没诳阿宣，我攒了这么久的钱真的已经够开家药铺子了！

我用了所有积蓄，终于租了一家小铺子，在市集七弯巷的最顶头。

开业的第一天我十分忐忑，一会儿担心地方太偏僻没人来，一会儿又担心若来了人瞧见我尚未成年，抬脚就走。

可没想到，所有的这一切疑虑担忧全被阿宣一个人搞定了。

"新店开业，买就送美容养颜膏，姑娘们进来看看？"

"夏日炎热，暑气灼人，大娘大爷来两包菊花莲叶回去泡茶消消暑？"

阿宣拿着他的五色羽扇站在门口，水绿色的长衣衬得他更加清俊绝美，尤其那双漂亮的丹凤眼，只要冲来人一挑一笑，那些上一秒还在犹豫不决的大婶小姐们，下一秒就一窝蜂地涌进来，那架势倒比那些在寻花问柳处拉客的姑娘还要熟练自在几分。

不得不说有阿宣在，我的小药铺子竟也顺顺利利地开起来了。

我每天都忙忙碌碌，小到为乡亲们治些头痛脑热，大到为农户们解毒治伤，我终是没有辜负师父对我的期望。

但救治的病人多了，记忆也就不行了，比如面前这位口口声声说找了我很久的男子。我从脑海里搜索了半天，愣是没想起过自己到底在哪儿给他看过病。

"平安小师父向来心善不记事儿，记不得也是情理之中。"面前的男子长得清俊非凡，一笑起来更是温和儒雅，尤其是那双丹凤眼，看久了竟觉得像极了阿宣。

这就更不合理了，这么漂亮的病人，我竟然一点印象都没有？

男子像是风尘仆仆赶了很远的路到这儿来，身上那件宽大到有些不合身的玄色衣袍也起了褶皱，甚至还沾了些泥泞。大概是以前跟师父在某处救治过的病人吧，我说服自己。

男子起身离开前，不经意问了句："奇怪，来之前听说平安小师父身边总跟着位拿着五色扇的俊俏徒弟，今儿怎么不见他？"

"哦，阿宣啊，他近日出远门了，得要一段时间才回得来。"

呵，我就知道！来我这儿看病的人有七成都是冲阿宣来的！看看，前几天打发了一群小姐，今儿又来了一位公子。

哎，果然长得好看就是被人惦记啊！

阿宣出远门有段日子了，具体干什么他也没说，但我从他紧蹙的眉头里大概能猜出是和最近越闹越凶的那个吃人的怪物有关。

阿宣临走前再三叮嘱我要注意安全，天黑早点回家。我当然也怕那些传闻，今天被那位公子耽误了会儿，待我收拾好打烊回去的时候，一轮弯月早已挂上枝头。

回去的路上早已没什么行人，月黑风高，树影幢幢，我匆匆赶着路，却还是隐约听见身后有轻微的喘息声。

终于，我鼓起胆子回头喝道："什么人？"

只见两个人影从黑暗中走出来："呵！没想到臭小子还记得咱哥俩啊！"

我定睛一看，哪里是什么怪物，分明是之前那总是抢我药材的两个家伙！

"听说要动你得先问过那个长得一脸桃花的男人？怎么？今儿那男人不跟着你了？呵，偏偏在我们正想教训教训你的时候让你落了单……"

年长点儿的那位边说着边要上前，可还没靠近我，突然掀起一阵狂风，一把将他给卷到一边。

"阿宣？！"我看见不远处的林中站在一道颀长的人影，可当那人走出来时我却愣住了，"公，公子？"

玄色衣袍，长了双和阿宣很像的丹凤眼，原来是傍晚那个非说我救过他的公子。

"你又是从哪儿冒出来的？"地上的家伙气急败坏，可还没等他站起身，一声厉叫划破夜空，一团黑气瞬间涌出，一眨眼的工夫两人便都不见了踪影。

我呆住，而几步外的男人正用衣袖轻轻拭嘴："抱歉平安小师父，刚刚把你吓坏了吧？"

"你、你刚刚是……"我紧紧盯着他脚边，那影子分明是一只巨尾如扇的孔雀模样！

"我刚刚救了平安小师父哦。"男子的那双丹凤眼笑得温和又优雅，"我说过平安小师父曾对我有再造之恩，一恩一报，现在我们终于两清了。"

"什么一恩一报？我分明看到你刚刚吃了他们！"

"平安小师父果然记性不好。"那男子竟浅浅笑了起来。

KONG XUAN

"落凤坡,净池内,我被困了亿万年,就在我快要消失的时候,是平安小师父机缘巧合下摘了第九朵金莲,我才有机会逃出来……"

他不会就是……阿宣口中的混沌之恶?

我正欲逃走却发现身体早已动弹不得,我眼睁睁看着那男子缓缓走来,冰凉的手覆上我的脸颊。

"只可惜,现在的平安小师父不是当初那个平安小师父了。"

男子轻轻叹了声息:"我找了那么久的那瓣未归位的金莲,原来就是你。"

7 孔宣

阿鹏说那一直在凡间作祟吃人的妖怪吃的人都有一个共同点:都做过恶事。

我不解,我很久以前挑漂亮的人吃是为了补形,这怪物专挑恶人吃是干吗?以恶补恶?

阿鹏沉默不语,这天地间好恶且通过食恶来增强自己的东西只有一个——混沌之恶。

我一把推开他"别开玩笑了,混沌之恶早就被除干净了,你去看看净池里的水,清得都能数清下面的石头子儿,哪里又冒出来混沌之恶?"

阿鹏盯着我:"且不管到底是什么,你迟迟不肯收回最后那瓣金莲,若让那怪物钻了空子,那到时候如何解你身上的封印,如何拿回你的神力?"

我当下心中一惊,小平安!

我没阿鹏飞得快,当我赶到的时候阿鹏已倒在地上,周围都是一派激战过的模样,那座竹林环绕的小院里里外外都弥漫着浓厚的黑气,而小平安就在那团黑气中,双目紧闭,像睡着了般。

突然暗处袭来一股劲风，我来不及闪开一下子被震出数丈远。紧接着那团黑气中传来赫赫的笑声。

"我知道你速度向来比不上这只会靠蛮力气的大鸟，没想到你反应也慢了这么多？"黑雾里渐渐升起一个人影，"怎么？被封印太久了？"

黑雾散开，半空中浮现出一个男子，一袭玄衣，有着双和我极其相似的眼睛。

我盯着他："你就是那吃人的怪物？"

那男子勾眼一笑："孔宣，这么些年不见第一句话连个问候都没有，你就不怕我不开心一口吃了你的平安小师父吗？"

手腕处的封印隐隐发着金光，我一字一顿："你敢动他试试！"

"有何不敢？"玄衣男子幽幽盯着我，"你忘了，你刚出世之时也曾吃过人的，吃得可比我凶残多了！可为什么最后被那如来打到净池下的是我？"

"说到这儿，还真是要多谢你的这个小家伙。"

玄衣男子将目光转到小平安身上，意味不明地打量着："要不是平安小师父，我怎能从净池内逃到凡间？"

"你果真是那混沌之恶！如来要我除掉你，我用了亿万年的时间守在净池，没想到竟还是让你逃出来了！"我顿时全部了然。

"呵！恶？凭什么那如来说什么就是什么？"玄衣男子瞬间面露狠色，"你只是被封印了神力，你可知亿万年中我在那净池内过的是什么样的日子！"

"神佛喜欢眷顾这凡间，保那些蝼蚁的平安。他们可知凡间的光天化日之下藏着多少悄然滋长的东西？欺骗、贪婪、妒忌、杀戮，我依附于它们生长，最后再将这些人一个个吞进肚里，吃掉那些恶人难道不是在为这天下做好事吗！要治这天下的病只有除尽一切的恶，你说过的话你忘了？"

"既然你只吃恶人，那你为何要抓平安？"

"平安小师父当然不是恶人，他是我的恩人，也是个真真切切的小善人，若只是这样我定不会动他，但可惜啊——"玄衣男子顿了顿。

KONG XUAN

"他竟是那瓣未归位的金莲。"

玄衣男子随后目光幽深地盯着我："孔宣，上古神鸟之子，世间第一只孔雀，五支本命羽演化的五色神通在这天地五行内无物不收。但谁能猜到曾经傲立于天地的孔宣，如今这一身强大的神力却受困于这圈小小的封印？"

那人笑得猖狂，我体内的神力呼之欲出，却奈何被身上这道金印死死箍住。玄衣男子瞧见了，眼里愈加透着冷笑，周围浓重的黑气越来越多，那笑声也逐渐变得尖厉。

"九朵金莲已归其八，我唯一能动的便只有这留在凡间迟迟未归位最后一瓣金莲，毁了它，任凭你的神力再强大，也只能永远被封印住！"

那笑声愈加放肆："孔宣，我要让你永远做不回曾经的孔宣！"

"你还在犹豫什么？快收回最后一瓣金莲！"一旁的阿鹏拼力喊道，"他吸取了太多恶气，再不使出你的五色神通这天下都会被它吃掉的！"

我死死望着那如同沉睡般的小平安，纵使体内神力暗涌，纵使手腕处的金印早已灼热难耐，但我却紧抿着唇不肯念出那收回的咒语。

我不是神！我做不到兼济天下！我管这世界是善是恶，我只要他平安！

金莲未归又如何？封印在身又如何？我不需要用小平安的命来换我的神力！

我咬紧牙关拼尽全力，硬是将如来烙下的九朵金莲冲开八朵，强大熟悉的气流顿时涌遍全身，一瞬间金光乍涌，整个黑夜犹如白昼！而那玄衣男子此刻也完全幻化成一团混沌黑雾，与我的金光厮杀在一起。

刹那间，天地风云涌起，厮杀尤其激烈！终于趁着那团混沌无暇顾及的间隙，我再次趁其不备全力冲向漂浮在那团黑雾中的小平安，就在快要触摸到他的时候，一团黑气如闪电般再次袭来，直冲我命门，我连忙抽出五色羽扇，只听见轰的一声，羽扇俱碎，那团混沌也被冲得四处散开。

我头痛欲裂，费力地撑起身子，眼前的景象渐渐模糊起来，整个世界摇摇欲坠，唯有阿鹏的声音清晰无比从远处传来。

"快！就趁现在！收了那金莲！不然……"

阿鹏的话还未说完，眼前便再次闪过一道黑影，那团混沌拼着最后一口气向小平安的方向冲去。

"孔宣，你就算除尽了万恶也成不了神！神的善是天下的善，而你心中根本没有天下！

"你在乎的从头到尾只是那个小家伙是吗？那我便要你看着我是如何亲手毁掉你眼中唯一的善！我要你亲眼看着这天下因你的小家伙而陷入万劫不复！"

那团混沌狰狞着越变越大，遮蔽了天月的黑雾像是一个血盆大口直直朝着小平安的方向扑去，我脑袋嗡嗡作响，什么也顾不上，用尽最后一丝气力奋力朝前冲去。

快了！就差一步！我的手刚刚碰到小平安胸前那处冰凉的时候，一阵劲风迎面刮来，那团混沌比我更快一步地将他卷走，那小小的人儿就这样在我眼前被一把拖入那团浓重的黑雾中，被那无尽混沌一口吞了进去。

霎时间，整个天地都是那团混沌的笑。

"孔宣！金莲已被我吞掉！你就给你的小家伙陪葬去吧！"

——我叫平安，是要一辈子好吃好睡、平平安安的平安。

——他想开家药铺子，那就让他当个想开家药铺子的小平安。

我听不见耳外的电闪雷鸣，只是盯着手掌中那块小小的银锁，视线早已模糊一片。

一声低吼从我体内迸发而出。

"平安！"

8 鹏明

小平安被那混沌吞掉的一瞬间，我甚至都想好和孔宣以死相拼了。

但就在我竭力拖着身体站起来的时候，忽然面前一道金光闪过。

我蓦然抬头看去，只见那团混沌之中竟缓缓升起一瓣金莲！

"哈！没脑子的东西！"我瞬间全部明白了，"佛祖的金莲，岂是你说吞就能吞没的？"

"五色神通，妖魔仙佛，天地五行，无物不收，该让你见识见识真正的孔宣了！"

亿万年前，我曾见识过几回孔宣的五色神通。但亿万年来我却从未见过这般模样的孔宣。

男人垂着头半坐在地上，有看不见的强大气流在他脚边迅速聚集，可他却仿佛视而不见，只是仔仔细细将手中的银色物件妥帖放好。

"我说过，他的命归我管。"孔宣缓缓站起身，那双狭长的丹凤眼直直盯着面前那团叫嚣的黑雾，声音冰冷得有如同万千寒川。

"所有要动他的人，无论是谁都必须先问过我。"

孔宣目光幽深，周身的气流越聚越多，手腕处的那圈封印早已压不住那蠢蠢欲动翻涌着的金光。

"所以谁给你的胆子吃了他？"

地面轻晃，狂风涌起，孔宣的声音愈加尖厉亢亮，一字一顿震颤着耳膜，无比清晰地在这天地间回荡着。

"我孔宣都不舍得动的人，你凭什么敢动他？！"

金光闪过，神力骤出，一声尖厉的鸣叫划破夜空，孔宣终于显现出真身，庞大的孔雀真身，巨尾如扇，振翅呼啸。

霎时间，五支本命羽应声而出，明亮灼目的五色神光瞬间穿透这黑雾浓重的夜幕，犹如一张巨网牢牢困住这一切的混沌黑气，可那团混沌却仍抵死挣扎着，强大浓厚的黑雾眼看着就要挣脱这神光，说时迟那时快，孔宣迅速凝神念诀，五色神光愈来愈明亮刺目，直至一道金光闪过。

一眨眼的工夫，所有的混沌之气全被收进了那束金光中。孔宣再次闭眼掐诀，金光一现，瞬间，里面的混沌之恶全被除了个尽！

浓雾终于消失，乌云也将散开，夜色宁静，月光皎皎。

这世间终于恢复成一派清明的模样。

那夜，孔宣收了混沌之恶后，那些之前被吞掉的人又都回来了。

但孔宣却消失了。

我去过落凤坡，去过那个竹林环绕的小院，可都没再见到过他。

我猜应该是和小平安有关，孔宣肯定是因为独独小平安没有回来而躲到哪个地方暗自伤心去了。

可是直到某天，我随燃灯道人去准提道人处串门的时候，我竟然看见了孔宣？！

他竟被准提道人收了去？

呵，敢情到处找不到这家伙是因为他成神去了？！

9 孔宣

我从没想要被封神，封印还在时，我想要的一直是我的五色神通。如今封印解除了，我却想要小平安回来。

所以那夜之后，我哪儿也没去就一直守着小平安的那家小药铺子。

先前混沌吃掉的那些人都回来了，小平安那么记挂他的药铺子，他若是回来了第一个去的地方肯定就是药铺。

守在凡间的药铺子等小平安的那些年月明明比不上守在净池边等金莲开花的一个零头，可我竟觉得还要难熬上好几分。

可偏偏还有些不识趣的人来捣乱，还是一伙奇怪的人，不是白胡子白头发一脸正气的老头就是脖子挂了红绳却扎了两个小辫子不知是男是女的小娃娃；不是长了翅膀的鸟人就是长了三只眼的小白脸儿，还好我有五色神通在手，那些家伙全被我给赶走了。

可没过些时日，那伙人竟然还找来了帮手？

面前的老头笑眯眯的，才说完"道友与我西方有缘"，我就心烦得想赶他走。

谁是你道友？谁和你有缘？

可我还没使出五色神通，却一下子反悔了。

"你刚刚说什么？"我问那老头。

"我说道友与我西方……"

"好，我跟你回去。"

后来过了很久我才弄明白那老头是什么准提道人，但不管他是谁，我都心甘情愿当他的坐骑。

不是因为那准提道人有多厉害，也不是因为向来傲骨天成的我为了成神屈尊降贵。

纯粹只是当时的我多看了眼，便一眼看见了那老头身后跟着的小童。

很有福气的长相，眉正眼圆，唇红齿白，这么俊俏漂亮的小屁孩儿我可着实找了很久很久了。

真好！可算叫我找到了。

我叫平安，师父给我取的名字。

师父说我是前世立了大功、保了很多人的平安才得次机缘成了一个小仙童。

平安？平安。我默念着自己的名字，奇怪，明明脑袋空空一片，竟莫名觉得这个名字有些熟悉。

我顾不上想这熟悉感到底来自哪里，因为师父最近带回来的那只长得花枝招展的大鸟就已经够我烦的了。

那大鸟幻化成的人形倒是人模人样的，就老喜欢跟着我。

每天打扫庭院的时候跟着我，外出完成师父布置的任务的时候跟着我，就连我下凡偷吃豌豆黄枣仁酥的时候也跟着我。

有次我实在忍不住了问他为什么，他竟勾眼一笑说我身上有好闻的草药气味。

什么草药气味？我怎么一点都闻不到。许是见我真的有些气了，那人便掏出个小玩意儿来哄我开心。

那是个精巧的小银锁，感觉年岁挺久远的，上面刻的两个字都已经模糊不清了。

"喂，这上面……"我刚想开口问，却被那人打断。

"小平安啊，我都记住你的名字了，你怎么还不记得我的？"那人挑着那双漂亮的丹凤眼，像是有些不满。

"记好了，我叫阿宣。"

"是一直跟在平安后面的阿宣。"

◂▸　END

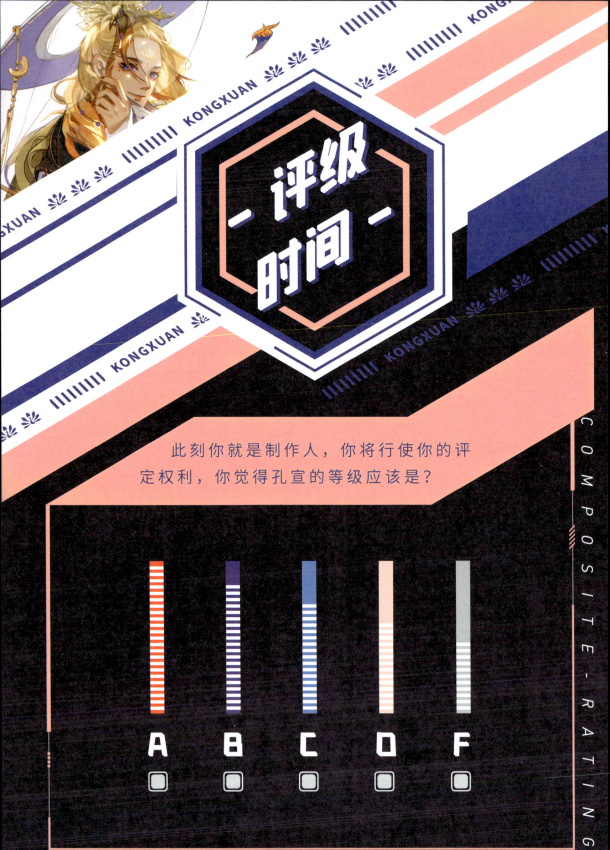

评级时间

此刻你就是制作人，你将行使你的评定权利，你觉得孔宣的等级应该是？

COMPOSITE-RATING

A B C D F

明日封神

门 面 评 选

谁是你心中的最帅天神？
现在，不要吝惜你的票，
快为你心仪的天神投票吧！

哪吒	
孙错	
李靖	
国主辛	
孔宣	
姜子牙	
通天	
陆压	

PS：你有十朵玫瑰，支持谁，就可以填满谁的玫瑰哦~

食甜记

特别出演 申公豹　　友情演出 猫

CAST：领衔主演 姜子牙　　PRODUCER: 鱼塘人阿七

\\ 000 //

因为 Tas1r2 基因缺少 247 个碱基对，不能合成甜味感受器所需的蛋白质，所以猫科是尝不到甜味的。

这是人类利用伟大的现代科学做出的解答。

\\ 001 //

"你知不知……"

申公豹闻言歪头，呷着嘴里的柠檬草。姜子牙一边说，一边用拇指慢慢刮蹭着虎口，看着有几分欲语还休的味道。

"啊？"申公豹显得有点不耐烦。他确实不太喜欢师父那种故弄玄虚的讲话风格，而这点被昆仑大弟子完美地继承了。

"你知不知道。"姜子牙转头看着申公豹，"你曾是最后一个能尝到甜味的……"

申公豹愣住了。震惊之余大猫蹭一下从屋门口站了起来，想要以迅雷之势捂住姜子牙的嘴巴。

"猫狸子。"

晚了。姜子牙看着龇牙咧嘴的师弟，脸上露出无辜的笑容。

002

姜子牙降生那天，母亲安然地卧在矮榻上。汗水濡湿的头发紧贴着她的额头，在阵痛开始前的梦中，母亲看到了翻腾的渭水。一只肋下生着两翼的猛虎冲破狂风巨浪，远远而来，在汹涌波涛间仰天长啸，百兽随之齐鸣。

申公豹降生那日，母亲化作豹身，回归了生命最原始的样子。她在鲜少出现的梦境中望见熊熊大火。一只金鳞冲出烈焰，怒吼着在风火中生出鳞甲，化身为龙。尔后穿出焚烟，在满映火光的苍穹中拼杀出一条血路。

天机轮转，运命冲撞。而两人的最初，却没有任何"注定"相连的影子。

他们走在林荫小道上，斑驳光点洒在脚下。申公豹额角的汗水淌进了眸子。他疼得闭上右眼，将道袍的两袖一扯，绑在腰上。

申公豹心里不痛快极了。不光因为姜子牙先斩后奏带着他离开了昆仑，还因为过了今天，夏日的黑夜就会开始增长。虽然昆仑的太阳长明不熄，但他知道，某天昆仑之外的暮色将白昼完全吞噬时，人妖两界的冬日也会就此到来。

他喜欢故乡的炎夏，烈火灼日更能助他领悟自己的天性。

申公豹抬头，面前横亘着一块嶙峋巨石。其上一片翠竹破石而出，在粗粝的缝间紧紧扎了根。姜子牙已经停下脚步，转身露出了那种令申公豹气恼的微笑。

大猫深呼吸两下，勉强扯起嘴角："看在鱼的份上，我就不计较你成天故弄玄虚。先不说回去之后挨师父一顿臭骂值不值得，起码你吭一声我们到底要去哪儿！"

姜子牙仰头望了望。半晌他开口，冷不丁说了句："要开始了。"

申公豹的拳头握紧了。当叫骂之词已经涌到大猫嘴边时，姜子牙突然说道："申公豹，你不觉得今日你想使控火之术有些吃力吗？"

申公豹一愣，退开两步，手聚千钧之力挥出一拳。往日他的拳风能带出冲天烈焰，今天却只有一束可怜巴巴的火花。大猫诧异地看向双手，蓦然发现姜子牙脚下的树影仿佛变成无数交叠的新月。

"火的力量来自太阳。"姜子牙说，"今天是千年一遇的金环日蚀。"

天空瞬间暗了下来，新月形的光斑变成细细一弯。姜子牙冲申公豹摆手，边招呼他边往巨石上爬去。

"你干什么去？！"申公豹喊着，却也一步攀上了石壁。他边爬边觉得姜子牙离谱到了极点，却突然想起姜子牙从没出过错。

姜子牙拉了申公豹一把，两人站在了巨石顶端。竹林在风中摇曳，申公豹低头看去的一瞬，晃动的月牙光斑交叠在一起，变成了无数细细的圆环。

申公豹睁大了眼睛。天地一瞬之间倒悬过来，风沙呼啸四起，失重让两人朝天空下坠而去。申公豹惊叫一声，手忙脚乱死命地抓住一根竹子。艰难地环视四周后，他找到了姜子牙的身影。

"放手吧！"姜子牙抓着倒悬的竹子冲他喊。

"你这……"申公豹在极度大惑不解和满心认为姜子牙不可理喻的惊慌中几近嘶吼到破音，"你这倒霉玩意儿！！你，你起码告诉我！！我们要去哪儿啊——"

姜子牙沉默半晌，对风中凌乱的申公豹眨了眨眼睛："……去找回你吃甜的本事。"

然后昆仑大弟子松手，坠下了万里高空。

申公豹大睁着双眼，抱着摇晃的竹子发愣。只在一瞬间，他看着姜子牙坠落的方向，松开了双手。

\\ 004 //

在申公豹的印象里，幼年的他还未能完全修成人形，就早早地上了昆仑，也从来不知"甜"尝起来究竟是个什么味道。而对此的印象，却好死不死始于姜子牙这个烟火断尽的家伙。

猫科失去了食甜的能力，但修成人形后的味觉却能就此弥补。申公豹记得，人生中第一次见到的糖是姜子牙钓鱼时突然拿给他的。那糖块在阳光下看起来金灿灿的，有些浑浊，形状就像个小石子儿。他一路小跑到姜子牙身边，激动得连尾巴都没收起来的时候，第一次尝到甜是什么滋味。那颗糖有点难化，长久地宛如在他嘴巴里留下了花朵，甘泉，和紫荠的清香。

申公豹的人生多了份快乐。

真是如此吗？

\\ 005 //

申公豹一把抓到姜子牙的水袖时，已经来不及了。下一秒，两人狠狠地拍在了地下，没形象地滚了好几圈。虽然如此，申公豹着地时却并没有太多痛感。反倒是拽住申公豹后领的姜子牙，很明显早就做好了缓冲的准备。

申公豹起身，却发现自己踩住了一截带着须刺的竹根。他退开两步，发现自己站在一面平整的巨石上，而盘虬卧龙的竹根顶开硬壳，径直地缠插进巨石的每个角落。

申公豹恍然大悟，他循着巨石的边界向下望去，发现它正无依无靠地悬在半空，石头下方是一片埋入阴云，望不到底的翠竹。姜子牙和申公豹掉下了无尽苍穹，坠落万里，却摔在了嶙峋巨石真正的底面上。这里有一个倒置的世界，是申公豹记忆中从来没能涉足的地方。

灰云浓雾中一股疾风，突然呼啸而起。姜子牙拽住脚底跟跄的申公豹，抬头望向深邃的风眼。天地间响起黄钟大吕般地撞响，流云自东方滚滚而来。旋即，一声尖锐长啸冲散了厚厚阴霾，越过卷积的风云，二人隐隐望见了身前的庞然大物。一只巨大无比的猫咪正翘起屁股，龇牙咧嘴地伸着懒腰，尖锐而妖娆地呻吟着。巨猫粗大的尾巴一甩一甩，毛茸茸的爪子在粗粝石面上交替磨着指甲。只是几个简单的动作，天地却几近为之震颤。站在晃动的地面上，申公豹看着单是尖牙就有自己半张床长的巨猫，反倒生出了视死如归的平静。

巨猫大眼一斜，眼睛闪出橄榄色的凶光："是何人来此搅扰本大爷安眠？！"

"灰……"申公豹不免结巴，"灰猫？"

"吾乃睡神！"巨猫看见两人愣了一下，咧嘴叫道，"大爷我跳出三界之外，不在五行之中。世间胜负输赢，不入我眼，即是无门无派，非黑非白！"

"睡神……"申公豹含糊地念道。

"睡神阁下。"姜子牙拱手，"安眠数年，怎的又会突然醒来？"

银灰巨猫默默不言了那么一会儿，开口说："饿了，许是到了该吃东西的时辰了。"

姜子牙有些愕然地望向巨猫。申公豹看到他的十指紧攥起来，又马上恢复了平静。

"我闻到了很多亟待肃清的东西。所以我醒了，现在怎么也睡不着了。"睡神咂了咂嘴唇，含糊不清地说着，与此同时将嘴里含着的什么东西从右腮帮倒换进了左腮。

申公豹一头雾水地看了看姜子牙，又看了看睡神，心里生出了不好的预感。

"既是突然醒来，定有特殊的缘由？"

"天机不可泄露。"巨猫一本正经地说，"只能说这种变化的源头来自一场即将到来的冲突，三界的格局异变，以及你们两个那位共同的亲近者。"

"冲突……"申公豹困惑地嗫嚅着，而姜子牙喑白咬紧牙关。他对于战争的到来早有预感，对于那个亲近之人却没有头绪。

"大爷我也累了，不想再一直不停地吃下去了。如果你们现在砍断我的尾巴，我在千年之后才能重生。你们大可以把我交给后人去解决。"巨猫伸出毛烘烘的爪子指向姜子牙，"你应该能做到的吧？"

重生？后人？解决？什么乱七八糟的。

"等等！"看着巨猫对视的姜子牙，申公豹回过神来，坠落瞬间的记忆浮现在脑海中。

"莫非是你拿走了我食甜的味觉？你这家伙想干吗？我怎么全无印象？"

巨猫睡神望着发问的申公豹，少见地眨了眨眼。他把两爪揣进身下，答道："甜味可以使我安睡万年，不必醒来。"

"既然食甜能够安睡，我们想法带点甜的给你就是。"申公豹指指姜子牙，"有什么大不了的，何必走到你死我活的地步？况且这家伙才不可能对你动手。"

姜子牙脸上浮现出一丝微不可见的笑容。

"况且……怎么不愿醒来？"昆仑上下灵智最高的妖神追问，"你大多时候在睡觉，清醒的时间一定屈指可数。既然爱吃，我们大可以为你带些世间珍馐，如何？"

申公豹趁此机会感受再三，也觉得巨猫身上没有凶气。他靠近姜子牙，暗自用胳膊戳了戳姜子牙的胸口，小声道："你紧张什么？这家伙是不是很能吃？"

巨猫奶声奶气地仰头笑了起来，笑够了就用粉粉的舌头舔舔嘴巴。

"世间珍馐固然好，可我最爱吃卵黄。然而区区凡间禽卵怎能让我满足？"巨猫睡神的嘴角上扬起来，"况天地本混沌如鸡子……难道天地的核心你也能掏出来与我吃？"

申公豹云里雾里地皱眉，意识到现在所面对的东西不是自己所能轻易理解的。在微弱的恐惧中，一股好奇心却鬼使神差地支配了他。申公豹下意识转头，身旁的姜子牙仍一幅波澜不惊的神色，安静地回望着他。

"这么说来，你定一早吞吃过天地之核？"申公豹终于仰头，"好吃吗？那是什么味道？"

巨猫睡神的白胡须抖了抖。半晌，他终于开口道："你还是不怕我？"

申公豹耸肩："那蛋黄里到底有啥你非吃不可的东西？"

巨猫咂了咂嘴，露出一截尖牙。他从身下抽出两只热乎乎的爪子，分别朝申公豹和姜子牙的胸口重重点了一下。

"有爱，传说。"睡神耷耷耳朵。

\\ 006 //

"……善意和歌谣。"数载之前，少年时代的申公豹对灰猫说道。

睡神的记忆只从万年前开始，没人知道他究竟从哪里来。当盘古初开天地，寻找饱腹之物时，刚好遇到了睡醒的巨猫。巨猫将盘古带到了自己沉睡的竹林，那是荒凉世间唯一的有灵之地，盘古寻到了第一颗奇形怪状的野果，喝到了第一捧甘甜泉水，快要耗尽生命的英雄因此得救。

盘古与灰猫成为了朋友，并自此将灰猫奉为恩人，供作神明。因为灰猫的贪睡，他便称呼他为"睡神"。

后来，更多的神明出现了。再后来，人族和妖族也出现了。这个荒凉的世界，因此有了更多色彩。

看过这一切的灰猫，就这样又沉眠了万年，在神明的教导与两族的劳作和智慧下，荒芜的世界开始逐渐有欣欣向荣之态。

直到有一天，灰猫做了噩梦。在梦中他嗅到腥涩的恶臭，听到惨烈的喊杀，目之所及被血色笼罩。他突然感到饥饿无比，就此醒来。竹林之外，战火在世间肆虐，大地混沌不堪。在远古本能的驱使下，他掘开万尺厚土，囫囵吞吃了卵黄一般闪着熔岩赤光的天地之核。其他意欲阻止三界战事的神明鞭长莫及，回过头来，神州已因天地之核的消亡而四分五裂。天下所有的生命，因肆虐的水火几近遭到灭顶之灾。

甘甜的世间良善和苦涩的苍生之恶绞作一团，将睡神折磨得痛不欲生。众生所有欢乐和痛楚的记忆在他眼前闪过，万年之前的记忆一下子涌进他的脑袋。

原来，灰猫是九天孕育的怪物。盘古开天之前，天地本非混沌一片。只因灰猫吃掉了上一个文明的卵核，才令九天四分五裂，归于虚无。灰猫的存在宛如一个行走的无常，唯一能确定的是，当感到苍生的恶达到饱和，他便会醒来吞吃良善，寰宇才得以平衡。未来的岁月里，灰猫昏睡的养分将滋生天地，直到下一个世界的出现。

吃掉了世间良善，就要以消化世间之恶为代价。世代循环，灰猫的记忆也在无数次天崩地裂后尽数消失。灰猫只能依稀想起每一个卵黄的味道，却永远无法再记起每一个消失的文明。爱，良善。恶，战争。每一个卵黄的味道都大致相似。可这次，当灰猫记起对他爱戴无比的人类，笑容温柔的盘古时，却已经不想再为本能控制。

看到盘古悲怒的眼神，灰猫压制了野性与抵抗之心。上古神明联手将灰猫镇压在倒置的嶙峋巨石下，巨石上生长的翠竹便是倒置世界在苍生扎下的根。灰猫跳出三界外，不在五行中，神明便无法杀死他，只得施加雷火之阵，以保灰猫无法涉足苍生尘世。

做完这些，盘古已筋疲力尽。而这次，英雄却真正地死去了。他的气息变作风云，最后发出的声音变作雷鸣。他的血液变成了江河湖泊，而头颅和手足化作了大地的四极与高山。创世神明女娲撒下水滴，用尽全力重塑了已死者的灵魂。尔后她献出骨血，以身体填补了分裂的天空。其余的上古之神则在最后牵起彼此的手，围成象征力量的圆环，用内力消融彼此，渗入大地，浇灌在空壳之内，一并成为了崭新的天地之核。

苍生恢复了安定。

"真丢人啊。"盘古死前，半睁着不聚焦的眸子说道，"明明是我的责任，却要留与后人了。"

天地并没有再次毁于一旦，巨猫睡神的记忆也没能消失。

自此之后，他再也没能陷入万年的安眠。

\\ 007 //

到了不周山改叫昆仑山的世代，两位年轻的神明出现在无法入眠的巨猫面前。

名叫姜子牙和申公豹的昆仑弟子，受师父元始天尊之命前来镇压即将冲破封印的睡神。可数日数夜，纵然软磨硬泡，大战千百回合，姜子牙和申公豹都没能让睡神再次昏睡安眠。三个家伙累得像几摊烂泥，索性就地瘫倒，在一股奇怪的气氛中闲扯起来。

满心仇怨的睡神在无法入眠的孤独和悔恨中煎熬了数千年。无法迈入下一个轮回，也无法以世界之核果腹。睡神迷里迷糊，干脆有意无意将万年的片段絮絮说出。

"天地卵黄的味道是甘苦参半？"年轻的姜子牙有些警觉，"却为何只得吃它，你才能睡着？"

"这你可得问我了。"申公豹双手撑地，大刺刺地坐着，"甜味能助猫狸子安眠，我们喜欢着呢。"

在姜子牙笑出声前，年轻的申公豹甩着尾巴，大声辩驳道："可不是说我就是猫狸子了！我们好歹也是同类，怎么不得给个面子。"

巨猫睡神看着两个傻呆呆的年轻人，耸了耸鼻子。

"我说。"两人闹完，申公豹开口道，"除了甜味，卵黄的其他味道也让你很难抗拒吧？"

"什么味道？"

"少装蒜了。"申公豹坦率地看着巨猫，"你讲到那个很喜欢摸你的小女孩，那个每七日就会背着一筐鱼问你饿不饿的老伯伯，还有动不动就喜欢来捏你脸的女娲娘娘。"

申公豹顿了顿。

"还有盘古，你最喜欢的盘古。你说到他们的语气，可比说到卵黄的甜味要高兴多了。"

姜子牙睁大眼睛，看着申公豹。

"那又如何！"话音未落，巨猫露出了獠牙。他尖锐地咆哮着，一身灰白绒毛危险地倒竖起来。

"那家伙早就死了！即使现在说起，又有何用！"巨猫睡神暴怒地喊叫，"他们不在我的身边，也不可能再回来了！"

申公豹依旧坦然地坐在原地，而姜子牙安静地看着他。

"爱，传说。"片刻后申公豹一字一句地说道，"良善和歌谣。"

巨猫呆愣住了。

"你其实是以这些为食吧。"昆仑上下灵智最高的妖神露出一个微笑，"一定是很好的味道。"

巨猫愕然，脑袋在话语冲击中变得一片空白。良久，巨猫睡神才卧了下来。他低下头，胡须在圆滚滚的上唇上微微抖着。

"我尝不到甜味，令我万年安眠的从来都是世间之善。"睡神低声说，"如果我吃到甜味，那我一定会说世间之善就是最接近它的味道。"

申公豹皱眉。他闭上眼睛，看起来冥思苦想了那么一会儿。而这次却轮到姜子牙困惑地看着同门，不知他究竟所思如何。

"那……"申公豹睁开眼睛，看起来终于下定决心，"我把吃甜的本事送你如何？"

姜子牙和巨猫都吃了一惊。

"申公豹。"姜子牙一把拽起同门的胳膊，蹙起双眉。而申公豹则安慰地拍了拍姜子牙的小臂，接着道："干什么？难道还真想舍你半条命把他封印在这？可行性那么低，话本子看太多了吧。"

他轻轻脱开姜子牙握他的手，拍拍道袍站起来，掐住了腰："如何，大猫狸子？"

睡神细细的瞳孔扩大了几分。他瞪着眼看了申公豹一会，恼怒地叫道："我为何要接受你的馈赠？"

"我们同属一族，严格来讲，你还算我的祖先。我知道什么能助你入眠，于情于理，我都拥有馈赠的资格。"申公豹坦然地回应，"况且这是师父的成命。我们都不愿伤害他人，也不想失去天下苍生。那我就尽我所能，保你呼呼大睡好了。"

姜子牙站了起来，望着同门的背影。

"……如果爱与传说也能让你安眠的话。"申公豹微笑起来，"我愿意把食甜的记忆一并给你。"

"申公豹！"姜子牙有些看不下去了。而当昆仑大弟子大步流星地冲上前去时，申公豹只是轻轻拍了拍他的脊背。

姜子牙叹了口气。

"……剥夺旁人的快乐是很容易的，你会记不起今日之事。不光是你，你的后人也再也无法尝到甜味了。你真要这么做？"睡神有些动摇。

"你的生命太漫长了，我可看不下去。"申公豹点头，"我的决定。"

睡神看着二人，郑重地点了点头。刹那间乌云压得低矮无比，巨猫睡神和申公豹的眸子在黑暗中亮起浅青色的光点。申公豹昂首，伸出妖化的猫舌。其上，一对旋转的金色勾玉被抽离开来，慢慢飞出了他的嘴巴。

勾玉兜兜转转，从巨猫睡神毛茸茸的脑袋上落了进去。巨猫抖了抖，眯起双眸。再睁眼时，乌云已尽数褪去。

"等一下。"申公豹伸出舌头，咂了咂嘴。他冲姜子牙咧嘴笑了笑，在道袍的口袋里来回摸了摸，随即伸出了右手。

一颗金灿灿的，石子样大大的糖块朝睡神飞了过去。睡神抬爪去接，那块人类手掌大小的糖块便落在了巨猫黑色的肉垫上。

"这个也送你，含起来有点难化。"申公豹傻乎乎地笑了笑，随即拱手说道，"猫狸子，祝你一夜好梦。"

姜子牙两指夹住师父所赠的花瓣,掐指一诀,二人的身影渐渐消失在白光之中。巨猫睡神捧着手中的糖块,呆呆地望着光芒熄灭的地方。

\\ 008 //

白光散尽。当姜子牙回过神时,发觉自己正坐在鱼塘边。他一手拿着钓竿,一手捧着申公豹送他的,那颗金灿灿的石子糖。

"姜子牙!"练功累到打盹的大猫见到他,一瞬间收了豹形小跑过来。姜子牙愣愣地捧着糖,看着申公豹欣喜地上蹿下跳。

"是给我的吗?"申公豹指着糖块,疑神疑鬼地问。

"……是。好吃的,拿去。"

申公豹郑重地接过糖来,塞进嘴里,像个傻兮兮的小毛孩。

当申公豹连尾巴都没收进去,就开始感叹人生从此多了份快乐时,姜子牙却有些悲伤地望着他,露出一个酸涩的笑容。

\\ 009 //

申公豹脚下磕绊了一步,一副大梦初醒的愕然表情,消化着重回脑海的记忆。

巨猫咂了咂嘴,伸出舌头。一颗圆滑的金色珍珠躺在他的舌刺间,闪着温润的光芒。

"多谢你的糖。"巨猫收回舌头,"虽然难化,但很好吃。"

"所,所以……你又醒了……"申公豹短促地叹息。他有些无措地望着姜子牙,喃喃道:"我们该怎么办?"

姜子牙回看向他。而长久的沉默后,灰猫睁开了橄榄色的眼睛。

"就砍断我的尾巴好了。看到你们脚边那个六个圆圈围的阵了吗?"他扬扬下巴,视线落在了两人脚边的印记,"那是雷火阵。穿过它,就能回到正常的世界。我惧怕雷火,这是几个老家伙特地留下来,以防我踏足尘世的一个封印。只要让功力强大的控火者重燃此阵，再将我的断尾投入焚烧……"

巨猫思考了会，开口说："我看到过那几个老家伙用此法对抗过极恶厉鬼。虽然我跳出三界外，但世间之法说不准。或许尽然相同？"

申公豹嘴唇颤抖。他紧咬牙关，双拳不自觉攥了起来。

"等等……"他说，"还没到……"

"相识一场，感谢你们这些小家伙的馈赠。"巨猫打了个哈欠，懒洋洋地嗫嚅，"只是，我已经累坏了。"

姜子牙看了看脚底的雷火阵，又看了看巨猫。渺远的风云发出呼啸，他在迷蒙的薄雾中沉默片刻，随即拱起双手。

"睡神阁下。"他说，"多谢你的慈悲和大义。"

申公豹的脑袋轰隆一声，周身泛起冷汗。他瞳孔战栗，难以置信地看着同门的背影。

"但是。"姜子牙蹙起剑眉，星子样的眼睛闪着光亮，"我们到这儿来，并不是为了说这些的。"

\\ 010 //

"真丢人啊。"盘古半睁着失去聚焦的眸子说道，"明明是我的责任，却要留与后人了。"

世界之核的善恶绞作一团，将睡神折磨得痛不欲生。众生欢乐和痛楚的记忆在他眼前闪过，他筋疲力尽地陷入昏睡，却频频被噩梦惊醒。无数次循环往复后，睡神消化着世界之核，开始梦到每个曾经鲜活的灵魂。

数载飞逝。突然有一日，睡神在梦中看到一条浴火化龙的金鳞。他在惶惑中徒然惊醒，确信那个梦境不属于已经逝去的生命。近百年过去，睡神又梦到一只肋下生翼，搅动渭水的猛虎。他再次久违地感到悸动的恐惧和喜悦。因为自金鳞之梦后，又一个新生命降临在了这个世上。

在两位年轻的神明二度到来之前，睡神仍旧不知那两场梦境究竟属于谁人。

"盘古说的责任并非永远将你视作威胁，而是为你寻一个两全之策。"姜子牙说，"他在一片混沌中开辟天地，创造生命，并不是为了到最后取舍掉谁。你和苍生，盘古必定不想失去任何一个。"

申公豹捂住心口，颤巍巍地长舒了一口气。

灰猫细线似的瞳孔放大了一下，立刻恢复了原状"事到如今说这些还有何用？我已经太久没吃东西了，说不定何时就要酿成大祸。"

"神明们留下的雷火阵，并不是为了杀死你，而是为了让你有重见天日的机会。"姜子牙摇头，"他们耗尽生命，将一切希望托付给后人。现在轮到弟子来实现前人的夙愿了，睡神阁下。"

灰猫陷入了长久的愕然。他恍惚地看向站在雷火阵前的姜子牙和申公豹，好似又看到千年前几位神明的身影。

没等申公豹反应过来，便被姜子牙一把抓住小臂，拽的更近了些："阁下。我的同门申公豹，就是万中无一的强大控火者。请务必相信姜某，我等肯请一试。"

"你说什么呢！？"申公豹紧张得语无伦次，"我，我不行的！掌控雷火需要极深的功底，我还太弱，做不成的。况且今天不是有日食吗？你也看到了，我控的那点火连条鱼都烤不熟。"

"你忘了，这里是倒置的世界。你在另一边的控火之术越弱，在这就会越强。况且你的力量不光来自于太阳。"姜子牙说，"还有闪电。"

申公豹看着姜子牙："你究竟想如何？"

姜子牙微微踮脚，凑在弯下腰的申公豹耳边，小声说了些什么。半晌，申公豹直起腰，脸上露出了介于难以理解和难以置信间的复杂表情。他局促了一刻，低声说："但……我的功力实在……"

"可我上次亲眼见到你炼化闪电，使出纯青雷火……就在那个雨天。这不是歪打正着，你分明苦练了无数次。若真的不行，我们再想办法。"姜子牙露出一个微笑，"但你早有本事可以做到。"

申公豹张了张嘴，什么话也没说出。片刻后他正色点头，沉声道"放手一搏吧。"

\\ 012 //

"……什么？"巨猫叫起来，"什么？"

"我说，我们会助阁下一臂之力。"姜子牙重复，"请不要顾忌，把金乌吞吃便可。"

姜子牙跨上猫背，伸手一挥，手中鱼竿便噼啪炸裂，变作金光灿灿的打神鞭。他低头看去，申公豹止站在六圆雷火阵的中心。他睁开眼睛，虹膜幻化作豹身之时的样子，占据了整片眼白。他的额头化出若隐若现的金色妖纹，剑眉变得更加粗重飞扬。

"去。"申公豹开口，露出了比平日更尖锐的犬牙。

姜子牙蹙眉，重重点头。他俯身拍拍睡神的肩胛，低声道："走。"

巨猫瞳孔骤缩，冲天一跃，嶙峋巨石为之震颤。渺远的旷野雷鸣轰天，浓云滚滚。无垠苍穹下，姜子牙紧握打神鞭，在呼啸的疾风中斩开黑云，在漫天乌霄碰撞中避开炸响的闪电。

阴霾中，突然白光闪烁。一道霹雳擦过打神鞭，从巨猫睡神的肋间掠去。下一刻姜子牙回过头，望着闪电疾向驰万尺之下的地面。

申公豹注视天空，脚下竹叶颤抖，沙沙作响。雷声翻涌，下一刻列缺霹雳便直奔他的面门而来。他步履一动，右手以剑诀高指苍穹，电光便从他高举的双指涌进了身体。申公豹闷哼一声，感受着霹雳在血液中左冲右突。他竭力引闪电沉向丹田，身体却几近麻木，气息散乱。要使雷火，闪电不可经过心脉，否则就是性命之忧，这是申公豹从未告诉过姜子牙的事。而现在，当闪电还没有行至右边胸膛时，申公豹似乎已经预感到心脏的麻木。他剧烈喘息，望向苍穹间飞扬的身影。看到一点若有若无金光照亮了浓云，不断地上升着。

机会只有一次。

申公豹紧咬牙关。他调整气息，将流淌的闪电沉向腹中。烈火开始在体内生出热度，他左手掐成剑诀，让沉在丹田的闪电开始燃烧。电光火石间申公豹睁开双眼，霹雳从左指飞驰而出。他手腕一转，闪电便在他指尖隐去，一团纯青雷火便从他的掌心燃烧起来。

申公豹眼波闪动，双眸被照成靛青色。他脚下一踏，挥出双拳，拳风带出的火焰便点燃了阵法的六个圆圈。他双手一推，雷火便在他身边升起，细线一般的小火遵循着阵法的轨迹从六团火焰中延展出来，变作悬空的雷火之阵。

申公豹抬头，望着云层间的黑点将打神鞭高高一抛。

\\ 013 //

姜子牙俯身抓紧睡神的绒毛，在狂烈的雷声中飞驰向上。暴雨骤降，快到划破疾风的呼啸中，姜子牙回过了头。申公豹手持烈焰，追赶而来。高空风中，昆仑妖神以力拔山河的气势抬起双手，竭力将雷火之阵向苍穹一甩，阵法便穿云飞去。

"交给你了！"申公豹在狂风烈雨里仰天咆哮，放任自己坠下苍穹。

当同门完全消失在视野中后，姜子牙回望高空，在坚定眼神中蹙起双眉。他从巨猫的脊背之上逆风站起，道袍纷飞宛如振翅鸿雁。他微微弓腰，借力一踏足以踩碎浓云。昆仑大弟子在明明暗暗的天幕间闪转腾挪，列缺霹雳亦无法将他奈何。他翻上云层，冲天一跃，便抓住飞转的打神鞭。

下一秒，他高举昆仑至宝，穿过了头顶的雷火阵，就此消失不见。

申公豹落地的一瞬，惊雷在苍穹炸响。一阵如晴日般的闪耀的金光后，苍穹陷入了无尽黑暗。

他咳嗽了两声，从石面上踉跄站起。小跑两步，停在消失的金光之下，一双闪着光芒的豹子眼急切地搜寻着，最终捕捉到了云层之上闪着蓝光的雷火阵。

突然，火阵再度熊熊燃烧了起来。阵法徒然扩大，光芒攒动，仿若要焚尽所有的浓云一般。一束金光便从雷火阵飞进天空，如彗星一般燃烧着下坠。不出一会儿，紧追其后的姜子牙也穿过雷火阵坠下天空，从倒置世界的另一边再度归来。

申公豹露出欣喜的笑容。而浮在半空的巨猫睡神见此情形，飞身迎向来人。姜子牙青丝飞舞，一把攥住带着烈焰的打神鞭，在万尺高空正过身形。他水袖飘飞，高举右手，咆哮着挥动金光灿灿的昆仑至宝，描画着象征力量的圆环。

七圈之后，姜子牙掐指一诀，感受着渐渐升高的热度。烈焰缠绕的打神鞭几近融化，宛若熔金的光芒在缓慢的描画中从打神鞭的尖端流淌出来。高空之下申公豹睁大了眼睛，望着烈焰般的光芒在他眼前坠落下来。

打神鞭上描画出的，是金环一般的太阳。

姜子牙闭上眼睛。他高高挥鞭，在咆哮中竭尽全力将滚烫成形的金乌向下甩去。倒置世界的天空宛如许久未见的尘世一般，被太阳照耀得光芒万丈。睡神冲散流云，竖直的瞳孔紧缩到无限细。他迎上半空，嘶吼着张开大口，宛如吞吃熔岩之核一般，将灼烫的圆环迎面吞吃了下去。

姜子牙翻身落地，迎向小跑而来的申公豹。两人并肩而立，望着金环滑进巨猫的咽喉。天空骤然变暗，又一下亮起。太阳在巨猫的内脏间游走，穿行过深红色的一收一缩的心脏，将巨猫的血肉照成通透的橘色。不一会儿，金环便行过巨猫半透明的肋骨，落入他的腹中。

刹那间金环四周生出火焰。巨猫被烧得疼痛嘶叫，挣扎着浮上苍穹的更高处。睡神腹中万年翻腾的天地之核化作熔岩，补全了金环中心的亏损。而金环的烈焰熊熊灼烧，也焚尽了巨猫体内污浊的苍生之恶。

剧烈的挣扎过后，从未有过的温暖如潮水般包裹了睡神。他打了个长长的哈欠，在云端上头尾相接，卷成一团。

他与金环融为一体，成为了不灭的太阳。

姜子牙在申公豹的相助下穿过雷火之阵，带回了尘世的金乌。

太阳是火与真理之神，万物的起源。而两人的一生中，第一次如此接近真理。

睡神的血管在阳光中鼓动，熔岩似的世界之核尽数融化，森罗万象在他的腹中流淌。望着巨猫透明的，橙红的血肉时，申公豹竟想起了在母胎中感受到的一切。

他看到自己出生时周围人的笑容，听到了自己的第一声啼哭，也想起了自己与母亲做的同一个梦——那条浴火化龙的金鳞。尔后，许多画面在他眼前闪过。他看到了昆仑，北海，黑色花朵，茫茫大雪和冰海间垂钓的姜子牙。黑色竹林间燃烧的篝火照亮了黑夜，他想伸手去摸那光芒，却被姜子牙一掌拍在肩膀上。

申公豹如梦初醒。他抓着姜子牙的衣袖，使劲摇了摇："怎么回事，姜子牙？你看到了什么吗？"

昆仑大弟子温润地笑着。

申公豹疑惑道："你早就……"

姜子牙冰海垂钓的身影不断在申公豹眼前闪过，他松开姜子牙的衣袖，显得有些局促不安。"为何？"申公豹失望喃喃，"那就是你我的未来？"

"睡神在你我身上的那一指，助你恢复了往日记忆，也警告了我即将到来之事。"姜子牙转身，"我们与他第一次相见时，他也看不清你我的未来。而这一次，他却看得越来越明晰，只是尚不能明说……"

昆仑大弟子看向同门："世事风云变幻，我们的每一步路，每段境遇，可能都会导致无数不同的将来。只是……我们已经走到了今天。"

天光闪烁，申公豹低头沉默着。

"你看到的那些不一样是模糊的吗？"姜子牙微笑，"生命在随时变化，我们都尚不清楚会发生何事。"

"我只是……心里不痛快。"申公豹沉声道，"难道过去和未来，都是注定的吗？"

"我们遇到彼此并不是生来注定的，申公豹。"姜子牙蹙眉，"没什么是生来注定的。"

"正因如此，相遇才尤为可贵。"

\\ 015 //

巨猫轻盈地飞落下来，闪亮的金色绒毛微微飘扬，仿佛燃烧的火焰。

"多谢……"巨猫低下头，生涩地行了个礼，"多谢相助。"

"往后，你就是生命和希望的象征。"姜子牙拱手，"你的夙愿实现了。"

睡神耸耸胡子，后知后觉地咂咂嘴。变成珍珠的石子糖已经在太阳的炙烤下融化，他有些舍不得。

"再送你一颗就是，别苦着个脸。"申公豹笑起来，"走吧？和我们一起回去？"

巨猫思虑片刻，开口道："不了。"

申公豹愕然："不了？这是为何？"

巨猫睡神耸了耸鼻子，打了个哈欠。

"我好困。"巨猫嚷道，"在这睡了这么多年，乍一挪窝会失眠。"

姜子牙和申公豹对视一眼。

"况且……"巨猫开口，"我要做能普照两个世界的太阳。我想暂时留下来，在这里创造生命。"

申公豹还想说点什么，巨猫便张开大口。

"阁下。"姜子牙眨眼，"这是饿了吗？"

"我要把食甜的本事还他。"巨猫说完，继续大张着嘴。

"不必了。"申公豹摆手，"就当是我送你的礼物吧。你再怎么厉害，也改变不了自己是个猫狸子的事实。"

"所以你们赶紧回去吧！"大猫狸子怒道。随后他舔了舔嘴吧，小声说道："反正马上就能再见了。"

\\ 016 //

巨猫睡神做了一个梦，记起了千年之前的往事。

在梦里，他随盘古和女娲来到这个倒置的世界。两人小屁孩似的在这块失重的石头上嬉闹着，创世神明的形象被丢在了九天之外。

"也许有一天吧。"盘古说，"我们会在这儿创造生命也说不定。"

\\ 017 //

"吓死我了。"阿七说。

罪族人阿七，昆仑鱼塘经纪人，在成年后接手了偶尔监督睡神吃饭的任务。

睡神从打盹中醒来，望见背着竹筐的小姑娘。他打了个哈欠，叫道："何事？"

"花爷。"阿七偷笑，"好久没见，你怎么变成金毛了？"

"少叫我花爷！"巨猫嚷道，"听你起的这鬼名字，哪有那么一丁点儿像我！"

"行，行，都依你。"阿七把竹筐脱下来，掏出了筐中的鳜鱼。

"新鲜。"巨猫睡神好奇地凑过来，把两爪揣进了身下，"你不是最宝贝你的鱼塘吗？怎么今日带这么多条与我吃？"

"是姜子牙钓给你的鱼。花爷。"阿七笑着，"这是愿者上钩。好吃吗？"

巨猫撇了撇嘴。而鱼塘人盘腿坐在巨猫身边，安静地等他尽数吃完。

"没什么事我就走了。"阿七挥手。

"等一下，小鬼头。"巨猫睡神唤道。他犹豫了一会，别别扭扭地说道："我困了，可能要睡一会儿。"

鱼塘人转过身来。

"下次见面，可能就要几年之后了。等我下次睡醒……你还会来找我吗？"

阿七睁大眼睛，开怀地笑起来。

"一夜好眠，花爷。"她说，"睡醒后见。"

\\ 018 //

申公豹捂着脑袋，在竹林中醒来。昏昏沉沉，好像刚做了一场大梦。他睁开眼，姜子牙半蹲在他身边，神秘兮兮地笑着。

"怎么？"姜子牙看着他，"还想得起来吗？"

看着姜子牙一副欠揍的表情，申公豹气不打一处来。他刚想骂人，转念一想，那些恍惚间看到的不清不楚的将来，似乎还真有些想不起了。

申公豹茫然了那么一会，反问道："你呢？"

姜子牙咧嘴。随后他咳了咳，说："还来得及。等到了往后，我细细与你说。"

昆仑大弟子拽起同门。与此同时，一轮圆日冉冉升起，高悬在苍穹的东方。

\\ 019 //

"食甜的本事？"申公豹啃了口紫菾，含糊地对阿七说道："没拿回来。唉，作为豹类祖先，确实有点对不起万千后代。"

什么豹类。阿七撇嘴，你就是个大猫狸子。

"要是他们想吃甜味，往后就只能靠修仙了。"申公豹把紫菾一咽，正色道，"没办法。毕竟为了拯救苍生，还是值得。"

姜子牙闻言，默默笑了起来。

◄► END

评级时间

此刻你就是制作人，你将行使你的评定权利，你觉得姜子牙的等级应该是？

COMPOSITE-RATING

A ☐   B ☐   C ☐   D ☐   F ☐

看贴　　　精品　　　玩乐

1　2　下一页　尾页　388回复帖，共152页，跳到 ⬚ 页　确定

有图有真相！

申师叔和姜师叔到底有什么过节啊？
为什么这么多年申师叔都锲而不舍地找姜师叔麻烦？
十次九败，这到底是怎样的执念啊？？？

1楼　2020-10-28 18: 54 回复

这你就不懂了，所谓宿敌，不过如此。

2楼　2020-10-28 18: 58 回复

所谓宿敌，不过如此。

3楼　2020-10-28 19: 02 回复

所谓宿敌，不过如此。

4楼　2020-10-28 19: 04 回复

点击查看其它折叠评论

所谓宿敌，不过如此。

288楼　2020-10-28 20: 32 回复

？？？我补错课了？申师叔的宿敌不是太乙师叔吗？！

289楼　2020-10-28 20: 35 回复

青莲碎

CAST：领衔主演　通天教主　　特别出演　元始　　友情演出　女娲　多宝等

PRODUCER：萤盏

■■ 001 ■■

　　海外有仙岛，名曰金鳌岛，岛上遍布琪花瑶草，穿过缥缈的云气便可看见岛上的璇霄丹阙、云阶月地，这便是通天教主的道场碧游宫了。

　　此时，一名青年道者正半阖着眼眸躺在青石上为弟子们讲道，只见青萍剑浮于其身前，剑身在道法的洗礼下熠熠生辉，而道者身后如墨一般的长发却是轻垂在地上。这般闲适的模样倒不像是在跟弟子讲课，而是在与友人闲谈。

　　忽然间，青年道者睁开了双眸停下了讲道，听得如痴如醉的弟子们也不得不睁开了眼睛，茫然不已，怎么就戛然而止了呢？

　　"你们先回去。"通天从青石上站起，一身黑色的大氅被风吹起，上面绣着的白色仙鹤仿佛要从中飞出来一般。

　　"是。"弟子们低头回答后纷纷离去，谁也不敢质疑圣人的话，也不敢问为何中断讲课。

　　等所有人都离去后，通天这才极为冷淡地说道："出来吧。"

只见一片琼花玉树中走出了一个由仙鹤化作的小道童来，他恭敬地走到通天面前，然后小声请安道："三老爷好。"

通天没有理白鹤童子，他只是看向了远处水天交接处，片刻后才问道："你来做什么？"

白鹤童子听到这句话不由松了一口气，这才小心翼翼地道："二老爷说你已经三百年没有回昆仑了，黄中李结了好多果子，二老爷全都给你留着呢。"

通天闻言略微垂目，神情不悲不喜，仿佛在陈述一件事一般道："我与那两位圣人早已决裂，我也不是什么三老爷，回去吧。"

说完，通天手中拂尘一挥，那白鹤童子便是被通天送出了金鳌岛。

看着白鹤童子消失在眼前，通天缓缓闭上了眼睛，他和他的两位兄长不一样。他们大可将洞府紧闭不管这场天地量劫，但是他却不能，天地量劫里要死的都是他一手带大的徒弟，他只能与天道相斗。

为了不祸及自己的两位兄长，他必须选择斩断他们三人之间的联系。想到这里，通天略微叹了一口气，然后便下了旨意，让弟子们尽量不要在量劫中出洞府。

而在昆仑之中，黄中李的树下，元始天尊正仔细地擦着鸿蒙灵根黄中李的九枚果子，每一个果子都是温润如玉，将元始握着果子的手衬得越发的白皙修长。

黄中李三万年才结九个果子，元始却是一个都舍不得吃，全留着等通天回来。

白鹤童子一落地看见的便是这一幕，心里头一惊，不敢抬头看那位白衣道者。

"通天回来没有？"元始的声音中带着几分笑意，像是等待了话中的那个人已经许久了。

白鹤童子听见元始的问话低下了头，最后鼓起勇气道："三老爷说，他已经与二位圣人决裂了，他也不是什么三老爷。"

闻言，元始眼里的笑意消失不见，脸上的神情比那极地的冰雪还冷，他捏碎了手中的黄中李，汁水顺着他那只宛如玉石雕就的手上缓缓流下。

白鹤童子见此不由害怕地低下了头，圣人之怒他怎么能够承受得起。

片刻后，元始喃喃道："通天，你怎么就不懂？"

他早就该想到的，在通天将教名取为截，试图截取一线生机的时候就该想到，通天和天道之间必有一场争斗。只是，那一线生机又岂是那么容易抓住的。

002

天地量劫将起，天道将天机屏蔽，圣人不出，大能们纷纷将洞府紧闭，唯有通天在不停地推演着天机，想要阻拦着这一切。

"小势可改，大势不可违。"通天的长发散落在面前的石桌上，半晌，他从中抽出了一根蓍草喃喃道，"找到了。"

还没有等通天露出笑容，强行推算天机的反噬便落在了通天的身上。通天用手捂住嘴唇，然而鲜血还是从通天的喉咙中不断涌出，将一双白皙修长的手彻底染红。甚至有一些血液沿着通天的手落下，将那衣袖上绣着的仙鹤羽翼染红，宛如仙鹤临死前的最后挣扎。

一直守在通天身边的大弟子多宝道人只觉得眼前这一幕触目惊心，忍不住道："师尊这又是何必呢？这本就是我们的宿命。"

通天闻言不语，等他用白色绢布将手上和嘴角的血液擦干净后，他才看向了一旁的多宝："修者本就是逆天而为，我等为求一线生机又有何错？"

"弟子谨遵教诲。"多宝低头，不敢再看通天。

通天见此也不由轻轻垂下了眸子，他看着手中的蓍草道："下去吧，将底下的师弟师妹管好。"

通天说到自己的徒弟，身上的气息不由变柔和了一些，多宝脸上也忍不住露出了一个笑容来："我会看好师弟师妹的。"

通天点了点头便让多宝退下了，随后身影便消失在了碧游宫中，不知去处。

三月十五，女娲圣诞。按照商朝的规矩，每年君王都要带领群臣去女娲宫中祭祀。而今天，殷受却跟失了忆一般始终记不起女娲的生辰来，被群臣提醒了许多次后才不甘不愿地去了女娲宫。

女娲宫中，烛火煌煌，女娲圣人的塑像便立于七彩宝帐之后。此时，宫中兽型香炉中燃着的麝香熏得殷受的头有些发晕，身旁的宫人为殷受递上了三支香。

殷受手里拿着香，不由往女娲的圣像看去，目光闪烁了几下后便对着女娲的雕像看痴了去。

"王上？"旁边的臣子轻声提醒。

殷受随意地捏着手中的三支香走向女娲，等他刚要开口说话的时候，殿外有惊雷炸响，仿佛是圣人在怒斥殷受对自己的不尊。

殷受惊醒，低头看着手中的三支香不知在想什么。

同时亦有两双眼睛睁开，一胖一瘦两位老者对视一眼后道："天命如此，不可更改，我等顺应大势等西方兴盛便是。"

话音落下，殷受觉得自己嗅到了一股奇异的香气，神情再次恍惚了起来，他将手中的香烛扔下指着女娲的圣像道："此等美人，为何我宫中没有？"

"王上！"群臣大惊。

然而殷受却没有理会群臣惊惧的神色，自顾自地取了笔墨在女娲宫的粉壁上写下一首艳诗后便扬长而去。

群臣看着这首对女娲极其不敬的诗惊愕万分，想要劝谏的时候殷受已经坐上了回宫的车驾。

"我宫中没有这样的美人，那便在各地甄选，总有一个能比得上圣人的颜色。"

等殷受的车驾离去后，通天才从女娲宫中的柱子后走出，他的脸色苍白，眸色深沉，指尖还沾染着些许血迹。

"天命不可违吗？"通天轻声低喃，最后低头在嘴角勾起一丝笑意，将手中的蓍草碾碎。

"我不信。"

等殷受的车驾回到朝歌之后，一道选妃的旨意便从朝歌传向各地。

通天站在女娲宫中轻轻叹息了一声，想要伸手抹去墙上的艳诗，然而冥冥之中有一股力量制约着他，让他无论如何都抹不去墙上的字迹。

通天微微垂眸，捏着拂尘的手不由微微紧了紧，仿佛在克制什么一般。

"你不让我抹了这艳诗，我便砸了这女娲宫。"

话音落下，通天身后的青萍剑出，剑身上的青色莲花纹样隐隐闪动，剑刃宛如秋霜一般散发着丝丝寒气。

一时间，女娲宫忽然震动了起来，灯火晃动，摆放在案前的花果全部洒落在地。

就在通天的青萍剑快要落在墙壁上的时候，一个女声高声道："通天，你这是在做什么？"

话音落下，一只手便已经截住了通天手上青萍剑的去势。

来人头戴宝钗步摇，容貌端庄秀丽，神情宽和慈爱，比那不会动的雕像不知灵动多少。通天见到女娲，收回了自己手中的青萍剑道："娘娘不在天外天的娲皇宫，为何出现在了这里？"

女娲看见通天将青萍剑收回那通体皂黑的剑鞘之中后不由松了一口气，那是截、阐、人三教一体同源的象征，若是真的让青萍剑碰到这墙壁，那么这座女娲宫她也别要了。

只见女娲抬头看向墙壁的艳诗，神情不喜不怒，她只是轻声道："天道想让我看见我便会看见，即便是你毁了这女娲宫，它也有一千个法子让殷受触怒我。"

说完，女娲一挥衣袖，那墙壁上的艳诗瞬间消失不见，仿佛不曾存在过一般。

但是女娲知道在殷受写上去艳诗的那一刻，商朝的命运便已经注定了。

通天抱剑而立，他看着光洁的墙壁道："娘娘还是执意要开这场天地杀劫？"

女娲低下了头，神情悲悯，最后发出一声叹息："天道所驱，岂能不开？"

话音落下，通天抬眸看向女娲，一双眼睛如同承载了万古的星辉，接着女娲

便听通天道："杀劫一开，死的不仅是通天的徒弟，还有娘娘的同族。"

碧游宫万仙来朝，除却人和仙，更多的是在巫妖大劫中没有死去的妖族，而女娲曾为妖族大圣，这些妖族自然是女娲的同族。

女娲对上通天的这一双眼睛，心神摇晃了一下，接着道："通天，圣人之下皆为蝼蚁，可是在天道眼中我们何尝又不是蝼蚁，你不该违背的。"

当年伏羲死的时候，她又何尝没有怨恨过，只是天道之下，皆为蝼蚁。

通天看着面前的女娲，轻抚手中长剑道："我不懂什么天道，我只知道他们是我的徒弟。"

女娲动了动嘴唇，最后什么也没有说，她劝不了通天，就如同当年她劝不了一意孤行的帝俊和太一。

通天转身离去，最后还是一剑劈了这女娲宫。

"你们相信天命不可违，我却不相信。"

女娲站在大殿前看着通天离去的背影久久地说不出话来，片刻后，有侍女忍不住道："娘娘？"

只见女娲轻轻摇了摇头，然后道："我无事，去将轩辕坟三妖叫来吧。"

"是。"

004

昆仑山上，云气缥缈之处，元始一身白衣坐在石桌前面，手里捏着的是一枚白如美玉的棋子，面前是一盘残局。

守在一旁的白鹤童子略微叹了一口气，从通天拒绝归来，元始便一直坐在这里研究着这盘残局。到如今，他坐在这里已经有一个多月了。

片刻后，元始手里那枚被他捏了一个多月的棋子终于从他的手中落下。

"哒"的一声，棋子落在棋盘上，不知为何白鹤童子的心也跟着落了下来。

"白鹤童子。"元始看着面前的棋局突然开口道。

"在。"白鹤童子立马弯腰应道。

"传我法旨，命云中子去朝歌皇宫除妖。"元始说完便看向了天空，眼里倒映的是白鹤童子看不懂的东西。

"是。"白鹤童子瞬间化作白鹤往云中子的住处飞去。

等白鹤童子离去后，元始闭上了眼睛，最后伸手将面前的棋局拂乱。

在这之前，元始坐在昆仑山中想了很久很久，久到白雪落了他满身都不知道，最后他与自己下了一场棋局。既然通天想要逆天而为，那么他也能只在暗处帮上一帮。

朝歌皇宫之中，女娲招来的轩辕坟三妖中的九尾狐狸精已经成了殷受最喜欢的妃子，殷受甚至为她大兴土木，劳民伤财。而同时，殷受能够清醒过来的时间越来越少，一时间朝歌城中妖气冲天。

云中子奉命来此的时候看见的便是朝歌皇宫被妖云笼罩的恐怖景象，而罪魁祸首便正是被殷受抱在怀里的妲己。

苏妲己本就生得国色天香，在被九尾妖狐附身后，整个人除了美貌身上还有若有若无的魅惑之态，道心不够坚定的极其容易被她扰乱了心神。

云中子只不过看了苏妲己一眼便低下了头紧紧握住了手中的桃木剑，默念清静经。

坐在王位之上的殷受看着这位明显从天上而来的道士不由开口问道："仙人来此处所为何事啊？"

云中子看着坐在高位一脸昏庸的殷受道："奉师命前来朝歌除妖。"

"妖？皇宫之中有王上坐镇，诛邪不侵，哪里来的妖呢？"坐在殷受怀里的苏妲己笑着说道，看着云中子的眼神充满了无声的诱惑。

千年的九尾狐狸精，媚骨天成，一举一动都是诱惑，苏妲己从台阶上迤逦而下，华丽的衣裙拖拽在地，身上的配饰发出琳琅之声。

离得近了，云中子甚至可以闻见苏妲己身上的香味，带着花果的气息，细细

闻甚至可以嗅出其中的魅惑之意。

"妖妇，离我远点。"云中子将走到自己面前的苏妲己挥开，然后用桃木剑指着苏妲己的面孔道。

苏妲己不慌不忙地整理着衣裙，笑意盈盈地看着云中子道："道长莫非是没有见过女人，便以为女人是妖精。"

话音落下，坐在王位上的殷受哈哈大笑起来，苏妲己也跟着轻声笑了起来。

"不如王上做个好人，便赏赐给这位道长几个宫女吧。"苏妲己笑着道。

"赏！"殷受大声说道，手一挥，刚才停下的歌舞之声又响了起来，衣着暴露的舞姬纷纷去拉扯云中子的道袍。

云中子一时间被羞得面红耳赤，他在山中清修数百年，何时见过这种场面。想要动手打人，然而这些都是凡间女子，他若是动手这些女子都只有死路一条。就在云中子茫然无措的时候，一股力量将他从皇宫之中带了出去。

重回云端之上，云中子不由松了一口气，等他看向将自己救出的人时不由愣住，片刻后才道："多谢师叔。"

通天回首，神情冷淡地看着面前的云中子，最后开口道："回去告诉元始，我的事与他无关。"

云中子闻言，浑浑噩噩地回到了昆仑山，在见到正在与自己对弈的元始天尊后立即跪了下来。

身为圣人，元始自然知道云中子被苏妲己戏弄的事，不过他却不知道通天和云中子说了什么。

"他说了什么？"元始开口问道，表情平静。但是他的手却一直不停地摸着怀里的白玉如意，只有他自己知道他的内心有多么的不安。

云中子愣住，过了许久，云中子颤了颤嘴唇道："师叔说，他的事与您无关。"

"啪"的一声,无数棋子从棋盘上滚落下来。元始一直抚着白玉如意的手顿住,接着他才看向东海的方向道:"好一个无关。"

　　云中子自然是听出了元始话语中无尽的怒意,他将头埋得死死的,不敢说话。

　　片刻后,元始离去,云中子这才抬起了头,只见地上有点点血迹。见此,云中子不由倒吸了一口气,他的老师竟然将手心掐破了。

　　东海碧游宫,海鸥声阵阵,通天望着水天交接处不知道在想些什么。

　　片刻之后,通天突然吐出了一口鲜血来。

　　"师尊!"多宝惊恐地出声道。

　　通天不以为意地擦掉自己嘴边的鲜血,然后望向陈塘关的方向道:"天地量劫就此开始了。"

　　多宝只见通天如玉的手上沾染着点点血迹,鲜红又刺目。

　　话音落下,通天的身影已经消失不见,他想去拦住那支箭。

　　或许拦住这支箭,天道大势可以偏移几分。

　　然而通天使出了全身的力气都没有抓住那只箭,极速飞行的箭矢擦破了他的掌心,身为圣人的通天竟然没有抓住那只震天箭。

　　通天露出了不可置信的表情,下一刻他就想明白了原因,是天道,是天道让他抓不住这支注定会引来灾祸的震天箭。

　　很快,通天猛地吐出一口鲜血,属于天道的威压几乎快要压断了他的脊梁。

　　"我连一个小小童子都救不了吗?"通天看着自己被箭擦破的掌心喃喃道。

　　没有人回话,只是天道施加在通天身上的威压更重了,重到让通天根本无法动弹。

　　他只能眼睁睁地看着自己的记名弟子石矶去找陈塘关李靖要说法,然后被哪吒戏弄,接着被太乙真人打回原形,身死道消。

　　在石矶死的那一刻,天道松开了对通天的压制,然后消散在无形之中。

"不过是个石头而已，口气这般大。"太乙真人将九龙神火罩收回，不屑地看着地上一块黑色的大石头道，"截教便只有这等披鳞带角之辈吗？"

"不过一块石头而已，却是我的弟子。"话音落下，一把剑便抵在了太乙真人的胸口。

这把剑很冷很冷，宛如秋日里的寒霜，太乙真人觉得这把剑下一刻就会捅穿自己，然后将自己的命收走。

当太乙真人看清来人的模样时猛然惊醒道："师叔。"

想起之前说过的话，太乙恨不得掐死自己，这种话平时在师门中说说也就罢了，现在却被通天教主给听见了。

"你还认我这个师叔？"通天笑了，下一刻便将手中的青萍剑往太乙真人的胸口送去。

然而还没有刺入太乙真人的心口，一只宛如美玉的手便将青萍剑截住，任由锋利的剑锋划开他的手也不松半分。

"松手。"通天喝道。

元始没有理会自己被鲜血染红的白色衣袖，他只是看着通天道："通天，冷静。"

"你的徒弟便是你的心头宝，那我的徒弟就不是我的心头宝了？"

"今日他们敢杀石矶，明日就敢杀三霄，后日便可将多宝斩杀于我面前。"

通天盯着元始，一字一句地问道。

"我答应你，三霄她们绝不会死。"元始握着青萍剑的剑刃看着通天道。

通天笑了起来，他盯着一旁的太乙道："你答应了，他们便不敢杀了吗？"

"我，我不敢。"面对圣人间的对峙，太乙真人不由退后了两步。

"不敢？"通天偏头，俊美的脸上露出了一个笑容，"今日我便要当着他的面杀了你。"

青萍剑被迅速抽回，就在连元始都没有反应过来的时候斩向了太乙真人。

但是青萍剑最终没有落在太乙真人的身上，因为鸿钧道祖赶来了。

面对鸿钧这个老师，所有人都不得不暂时放下恩怨。

"通天擅自插手天地量劫，禁闭于碧游宫中。"说完，鸿钧便用那双和天道一样没有任何感情的眼睛看向了通天，"你可领罚？"

通天收回青萍剑，静默地用手抚摸着剑鞘，最后轻声道："领不领，不都一样吗？"

说完，通天便转身离去，背影消瘦，让元始无端地感受到了通天心中的凄凉之意。

"通天……"

元始想要说什么，可是通天却没有回头。他想要为通天求情，然而鸿钧却是用眼神告诉他，天道不可能让通天走出碧游宫的。

无论如何，通天都逃不过被关在碧游宫的惩罚。

006

"通天。"元始看着虚空不由叹息出声。

片刻后，太乙真人不由看向了元始天尊道："师尊。"

元始闻言这才想起这里还有两个人一般，一双如同琉璃一般的眸子闭上再睁开，显出了十足的冷淡与疏离。

"玉虚宫罚跪。"元始又垂眸看了一眼不及太乙真人腿高的哪吒道，"他也一样。"

哪吒闻言当即便不乐意了想问一句凭什么，当即就被太乙真人给捂了嘴。

元始自然注意到了哪吒的不服气，不过他也不在意，只对太乙真人道："自己去吧。"

说完，元始的身形便消失在了原地，或许是回了昆仑，或许是去了东海。

碧游宫中，除了通天和几个童子外便再无他人。他的徒弟们，都已经被天道

移出了碧游宫，说是为了受劫，通天却知道，这不过是为了让他们更快地去送死而已。

这样想着，通天忍不住去触碰碧游宫外天道留下的结界，只不过是轻轻触碰便让差点让他吐出一口鲜血来。

通天闭目，他不能这样被关着，若是等天道自愿放他出去，恐怕自己的弟子已经百不存一了。

通天被关，无人再敢在天道的眼皮子下做小动作，周王讨伐的进程意外的顺利，截教的弟子死得越来越多。

直到三霄身死，混元金斗、金蛟剪和缚龙索被送到了元始天尊面前，元始这才猛然惊觉三霄竟然已经身死。

"师尊，这些宝物是现在送去碧游宫吗？"底下有弟子问道。

元始却如同什么也没有听见一般，跌跌撞撞地带着三件宝物往东海碧游宫去。

元始在此之前从未来过东海碧游宫，他听说这里仙乐渺茫万仙来朝，然而现在这里冷冷清清，只有一只巨龟将寂寥的仙岛托起。

"通天的门人呢？"

没有等元始想太多，他便穿过了天道布下的结界，找到了在青石上打坐的通天。

"你怎么来了？"通天睁眼，冷淡的目光落在了元始的身上。

元始闻言静默许久后才道："三霄死了。"

通天这才看清元始手里拿的是三霄手里的三件宝物，下一刻，通天手里的青萍剑斩向了元始。

"你告诉我，她们怎么会死？"

"论修为，你门下十二金仙个个不如她们。论法宝，混元金斗、金蛟剪和缚龙索，你门下哪个弟子对付得了？"

"你不是说过，你不会让她们死的吗？"

"她们是你看着长大的，你怎么忍心让她们去送死？"

说到此处，通天的声音中带出了些许哭腔。

"通天，我……"元始拿着白玉如意不知如何是好，只能尽力闪避通天的攻击。

然而通天的青萍剑已经指向了元始的脖颈，但是却没有刺下去。

"我不杀你，你滚吧。"

这句话说完，通天突然觉得自己很疲惫，三霄已经死了，那么他还有什么可以顾及得呢？

看着通天如此模样，元始忍不住问道："你当真要为了你的徒弟与我决裂？"

一群湿生卵化之辈当真比不了他们兄弟三人几万载的情谊？

海风将通天披落在肩上的长发吹起，通天回头看向元始道："我只恨天道不公。"

话音落下，通天便踏进了碧游宫之中，宫门关闭，显然是不想再看见元始。

元始看着紧闭的宫门忍不住喃喃道："当真比不了吗？"

碧游宫大门再开之日，是广成子前来归还火灵圣母的金霞冠的时候。

武王伐纣的进程已经快要走到最后了，截教门人也死了不少。

在佳梦关一战后，阐教十二金仙之首的广成子击杀截教火灵圣母，缴获截教宝物金霞冠。

广成子在缴获金霞冠后二话不说便去了碧游宫，想要将金霞冠交还给通天教主。

此时的碧游宫已经没有了万仙来朝的景象，尽管此处仙气缥缈，但依旧安静得让人发慌，仿佛在囚禁什么东西一般。

"阐教广成子特来归还金霞冠。"广成子不敢有丝毫怠慢做足了礼数道。

很快，云雾深处走出了两个童子，他们看着广成子道："老爷有请。"

说完，广成子便跟着两个童子走进了碧游宫之中。

"你杀了火灵？"坐在青石上的通天伸手收回了广成子的金霞冠。

"是。"广成子忍不住抬头打量面前的通天教主，一头黑色长发散落在地，只是眉间一抹红痕透露出来的几分艳丽让广成子忘了接下来说的话，他杀火灵圣母是为截教清理门户。

"出去吧，希望你别再来了。"通天对于弟子们的死讯表现得很平淡。

唯有候在通天身边的几个童子隐隐感到不安，二霄死后，通天便是如此模样了，仿佛谁死了都是这么平淡。

说完，通天便将广成子送出了碧游宫。

等广成子离去后，通天对身边的童子道："去将多宝唤来吧。"

童子惊愕，碧游宫不是不允许截教弟子出入吗？

只见通天将手中的青萍剑往虚空中一挥，天道布下的结界很快便碎了。

"去吧，将多宝唤来。"

通天起身衣摆拖曳在地，他看着远处露出了一个笑容，他现在有一个疯狂的想法。

"以我的圣人果位和截教的气运做赌，天道你可敢和我一赌？"

赢了，救回死去的所有截教弟子，输了，便是万劫不复。

007

多宝被招来，与之同来的是截教八千散仙，浩浩荡荡，万仙来朝。

"师尊。"多宝弯下腰来，脸上是掩不住的憔悴之色。

"拿着。"通天将诛仙四剑直接扔给多宝。

"这是，这是……"多宝在摸到诛仙四剑的时候一瞬间睁大了眼睛，这四把剑分别是诛仙剑、戮仙剑、陷仙剑、绝仙剑，配合诛仙剑阵图可成天地间第一杀阵。

只见通天任由散开的长发被风吹乱，他轻轻地抬眸看了一眼在场的所有弟子轻声道："布万仙阵。"

"是！"截教八千散仙无不应是，纷纷化作流光飞往潼关。

等人全部散去之后，多宝抱着诛仙四剑看着通天道："师尊……"

话还没有说完，多宝的泪水便流了下来，如果不是为了他们，何至于此？

通天笑了，他用手中的青萍剑指向虚无缥缈的天空："我和天道打了一个赌。"

多宝闻言不由抓紧了手里的诛仙四剑，和天道对赌，怕是要输得一败涂地。

通天看着多宝的表情，自然知道他心里在想什么，他只是低头看着自己的掌心道："不试试，怎么知道呢？"

"若我死了，你便好好照顾活下来的弟子，若他们想要另谋出路也别拦着他们。"

多宝眼睛通红地盯着通天，他的师尊这是在交代后事。

"走吧。"话音落下，通天便掷出了诛仙剑阵图拦在了阐教众人的面前。

诛仙剑阵现世，杀气冲天，让远在三十三天外的鸿钧都有所感应。而在昆仑的元始则是失手打翻了手边的茶盏，望向潼关的方向道："通天！"

"他为什么就不听我的？"

当圣人与天同齐不好吗？偏要插手天地量劫，与天为敌。

没有人回答元始，最后坐在元始身边的老子突然睁开了眼睛开口道："走吧，去破阵。"

"兄长……"元始想说什么，可是最后什么也说不出来。

而老子则是坐上自己的青牛，拿上自己的扁担后道："命数如此。"

说完，老子不由望向了诛仙剑阵的方向道："必须要在天道之前破了这诛仙剑阵。"

元始猛地抬头，他们破了诛仙剑阵可以放过通天，但是若是天道呢？它绝对不会放过通天。

"走吧。"

话音落下，昆仑山中已经没有两人的身影了。

潼关前，布下的是诛仙剑阵和万仙阵，诛仙剑阵是上古第一杀阵，而万仙阵是由诛仙剑阵演化而出，由太极阵、两仪阵、四象阵共同组成。两个大阵相互关联，同时以通天本人为阵眼，对上两个圣人也可立于不败之地。

阐教众人对于此阵毫无办法，就在他们准备去昆仑请人的时候，老子和元始突然出现在了诛仙剑阵前，同时来的还有西方两位圣人——接引和准提。

"二位圣人不如一同破阵。"准提道人提议道。

说完，准提不由看了一眼万仙阵中的截教散仙，若是都渡去西方合该他西方大兴。

元始看了一眼这西方二人，终究什么话都没有说，只是点了点头，然后往诛仙剑阵走去。

万仙阵和诛仙剑阵再如何厉害，也抵不过四位圣人合力破阵。

乌云仙、虬首仙被斩，太极阵破，灵牙仙被斩，两仪阵破，金光仙被擒，四象阵破。

截教门下的二十八星宿拼死抵抗不退半步，然而不过是垂死挣扎。

一时间截教万仙齐悲，想要挣脱束缚，然而不是魂灵被收进封神榜中，就是被西方两位圣人渡走。

万仙阵破，仿若万仙来朝的截教就此倒塌。

在混乱之中，元始缓缓踏进了诛仙剑阵之中，微风轻轻吹起被他束得一丝不苟的长发，白色的衣袖轻轻飘荡，像是天边漂浮不定的白云。

阵中，通天手里握着青萍剑，长发散落，脸上的神色平静地仿佛什么事都没有发生过。

元始知道这不对，通天重情，截教门人非死即伤，心爱的弟子尽数惨死，他不会这么冷静。

"万仙阵破了。"元始道。

只见通天用手轻轻抚着覆满莲花纹样的青萍剑，如雪一般白的手指轻轻将青萍剑弹响，剑身发出嗡吟之声。

"我用圣人道果和截教气运与天道做了一个赌约。"通天轻声说道。

"什么？"元始微微睁大了眼睛。

圣人之下皆为蝼蚁，通天竟然用圣人之位与天道对赌。

"输了不过是万劫不复而已。"说完，通天手中的青萍剑已经指向了元始。

"起阵！"

话音落下，元始瞬间被拉入了浩瀚的星空之中，这不是诛仙剑阵，这是……

"周天星辰大阵。"元始的瞳孔不由放大了些许。

当年天地第二次量劫开启，就是巫妖大战，也就是都天神煞大阵和周天星辰大阵将洪荒打碎，导致天柱倾塌，天河倒灌，大地崩裂。

"可你不是帝俊和太一，借不了星辰之力。"元始不由捏紧了手里的白玉如意。

"有圣人果位和截教气运作为阵眼就够了。"

话音落下，通天的青萍剑挥出，带着周天星辰之力，全部压在了元始身上。

"天道不要我活，那我就将此方世界打碎！"

金石相交，元始猛地吐出一口鲜血来，他看着面前的通天道："你疯了。"

"三霄死了，赵公明死了，金灵死了，火灵死了，龟灵也死了。"

"死了也就死了，可你们偏偏要将他们的神魂拘在封神榜上，封神榜当真如此好？"

"兄长怎么不让自己门下弟子纷纷上封神榜！"

话音落下，青萍剑再次斩向元始，元始险险躲过，这一剑斩在了天柱之上。一时间星辰位移，天火降临。

"我……"元始说不出话来，封神榜自然不是什么好东西，它是天道给天庭控制神人的工具，是阻拦修者修为更进一步的天堑。

"天道何其不公。"通天立在阵眼的位置轻声道，"为什么死的是他们？"

"因为天道，我连救我徒弟的能力都没有。"

"因为天道，他们本可以修成大罗却硬生生被斩断仙途。"

诛仙四剑从通天身后缓缓升起，紧接着化作万道剑光纷纷向元始刺去。

元始闭目，下一刻漫天飞剑皆被老子的扁担挡住。

"通天，停手！"老子喝道，"难道你真想将天地打碎？"

天地打碎，哪怕通天是圣人也得身殒道消。

"停不了了。"通天露出了一个决绝的笑容。

手中青萍剑横于身前，风将他的长发吹乱，那长袖上的仙鹤仿佛马上就要挣脱束缚一般飞出。

下一刻，青萍剑带着对天道不公愤恨，对弟子身死的悲恸和周天星辰之力向老子与元始斩去。

"快拦住他！"接引大声喝道，若是真让通天这一剑斩下，那么此方世界也不存在了。

话音落下，准提立刻便用自己的七宝妙树从通天身后偷袭了通天。

"不！"元始看在眼中却是无力阻止。

下一刻，元始的手不受控制地举起了白玉如意，然后迎向了通天。

青萍剑与白玉如意相撞，巨大的威力将周围的人震出百丈的距离，围观的阐教弟子无不吐出一口鲜血来。

"通天！"元始伸手将自天空落下的通天接住。

通天满身是血，元始也不管自己的白衣是否会被鲜血弄脏，只死死地将通天抱住。

而通天则是看了一眼自己的右手，犹如叹息一般地说道："青萍剑碎了。"

青萍剑和元始的白玉如意、老子的扁担同出一源，都是由三十六品造化青莲化来，除了天道有意为之，青萍剑又怎么会被白玉如意砸碎？

"没碎，没碎，我这就回昆仑开炉铸剑好不好？"元始抱着通天慌乱地道。

"我输了。"通天望着浩瀚的天空眼神空洞地道，"可是我不后悔，再来一次我也会如此。"

元始心中慌乱，他觉得自己抓不住通天了。

"放手吧，你最喜洁净，我满身污血恐会脏了你的白衣。"

"通天！"

红花白藕青莲叶，如今莲叶已碎。

◄► END

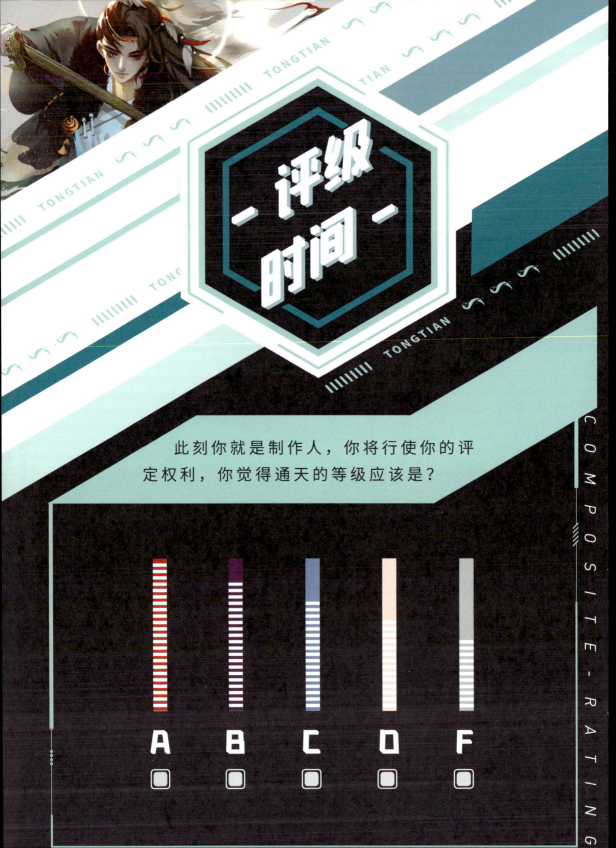

- 评级时间 -

此刻你就是制作人，你将行使你的评定权利，你觉得通天的等级应该是？

COMPOSITE-RATING

A B C D F

PICK ME PICK ME

选拔到了越来越激烈的时刻，
各位选手有什么想说的呢？

……什么时候结束？选拔竟然这么久，我想出去玩儿了！

哪吒

我好像走错了片场。

孙错

都给我儿投票！

李靖

都给孤投票！

国主辛

哼！

孔宣

不如钓鱼。

姜子牙

呵，天道我都不怕，何况区区选拔？

通天

没意思，我也想出去玩，哪吒小友，要一起吗？

陆压

斩仙

ZHANXIAN

XIAN

■ CAST: 领衔主演 陆压　特别出演 帝俊　友情演出 通天 太一

PRODUCER: 醉月刀刀

01

天地之外，虚空之中，一双清亮的眸子自火焰中睁开．将周围的火焰尽数敛入体内而后晃了晃腰间的斩仙葫芦问道："我这一觉睡了多久？"

红葫芦在他手上蹭了蹭，稚嫩的声音很快传了出来："陆压陆压，洪荒大陆又打起来啦。"

"封神量劫？"陆压顿了一下，身形瞬间从天外回到西昆仑，看着熟悉的宫殿低声道，"机会终于来了。"

山岳绵延数千里，红日初升，朝阳劈开云海，为山间隐隐显出的宫殿镀上金光，天地寂静，亘古悠长。

从帝俊被关押到现在，他苦苦等了数万年。巫妖大劫他无力施为，只能眼睁睁看着帝俊被关。如今封神大劫将至，他无论如何也要把人救出来。

宫殿外面绿意茵茵，沐浴在日光中的陆压眸光一凝，沉下脸色看着虚空漠然开口："既然来了，何必躲躲藏藏？"

浓郁的灵气在山峰间穿行，山外的结界毫无波动，似乎并没有外人闯入，然而在他开口之时，银发如瀑的紫衣道人便悄然现出了身形："巫妖没落，人族大兴，这是天命。"

　　"佛门大兴，玄门衰落，这也是天命，若天命真的不可违，道祖又何必来我西昆仑？"陆压凉凉开口，看着不请自来的紫衣道人，神色间带了些狠意，"我要救他，谁也拦不住！"

　　冷若冰霜的鸿钧道祖神色平静，看着神色散漫的陆压抿了抿唇，将天道屏蔽在外然后说道："保住玄门，我在天机紊乱的那一刻帮你救出帝俊。"

　　陆压愣了一下，看着面前仿佛没有感情的人，垂眸想了许久才重重点头："成交。"

　　他修为虽高，却不敢断言一定能解开天道的束缚，若有道祖出手，那便再好不过了。

　　青天长空，晨雾消散，俊美非凡的青年站在云层之上，红衣张扬似烈焰般熠熠生辉，阳光洒在衣袍之上，光华涌动更显尊贵无双。

　　天地初开，太阳星孕育两只三足金乌，巫妖量劫之中，东皇太一身殒，妖皇帝俊被禁于天外，永远不得再踏足洪荒。

◀ **02** ▶

　　盘古开天身化万物，大道隐去天道降生，自此，天地形成。

　　西昆仑的离火之精经过千万年的孕育，终于生出灵智化为先天道体，此处灵气充足，修炼起来事半功倍，是洪荒中不可多得的宝地。

　　姿容俊美的红衣青年于火焰中睁开眼睛，他修炼得正入佳境，感受到陌生的气息出现在洞府外面直接吓得躲进了地心深处。

　　修为差距太大，他打不过。

　　剑眉星目的青年捏着下巴，看着眨眼间就消失不见的小火苗转头问道："大哥，我长得如此吓人？"

"收敛点。"帝俊无奈看了弟弟一眼，指尖太阳金焰跳跃，试图将躲到地底的小火苗引出来。

离火之精刚刚化形，太阳金焰对他来说是大补。

太一不甚在意地耸了耸肩，想着是他把那小家伙给吓跑的，于是也将太阳金焰祭了出来："大哥，离火不比太阳金焰差，将人带回天庭？"

"正有此意。"帝俊怕再吓着还没出来的小火苗，特意把声音压得极低。天庭刚刚起步，正是需要人手的时候，离火之精如今修为已经不低，太阳星的环境很适合他修炼，不出万年便又是一个天庭的顶梁柱。

地心深处，躲在里面的红衣青年咽了咽口水，纠结许久终归还是扛不住太阳金焰的诱惑，飞身出来将飘在空中的两团火焰抢走吞下，一边感受着体内的融融暖意，一边忍不住享受地眯起了眼睛。

帝俊神色温和地看着带走太阳金焰后态度缓和许多的红衣青年，在太一之前率先开口道："在下帝俊，这是太一，偶然游历至此，不慎惊扰到道友，还请见谅。"

陆压无所谓地摆了摆手，看对方的确没有恶意便落了下来："我叫陆压，这个山头是我的地盘。"

能拿出太阳金焰，这便是太阳星诞生的那两只三足金乌了吧。

太一性子更爽朗些，耐不得兄长这般委婉，索性直接邀请人和他们一起同行，他们都是玩火的，凑在一起还能交流御火的术法，若性子合不来再分道扬镳便是。

陆压的脾气也很直接，正好他在西昆仑修炼多年还没怎么出去过，有两只三足金乌同行安全有保障，二话不说便答应了下来。

帝俊脸上笑意微僵，他想说的话还没说出来，旁边这两人就已经开始讨论接下来去什么地方游历了。

如今请人出山已经变得这么容易了吗？

不管如何，总之游历的路上就这么多了个人。

陆压腰间挂着红葫芦，发现三足金乌兄弟二人都很好相处后也随意了很多，"身为太阳星孕育而出的生灵，你们的身份已经足够高贵，为何还要建立天庭？"

"龙凤麒麟三族退出洪荒之后，天地间鳞甲飞禽走兽没有大能庇护，被巫族欺辱生存艰难。"帝俊微微一笑，拨开云层看着下面的山川河流叹道，"我立下天庭，使妖族有一庇护之地，相信很快便能再次壮大起来。"

当年龙凤麒麟三族何其强大，天庭以太阳星为根基，待妖族休养生息，将来必定还能执掌天地。

"管理妖族多累，你们可真是闲得慌。"陆压懒散地坐在云层上，对他们的想法有些不能理解，在他看来，闲游五岳闷戏四海的生活就很好，何必给自己找麻烦。

帝俊只是笑笑不说话，龙凤麒麟三族退场，洪荒中总会有新的势力崛起，他立下天庭统率万妖，天道既已认可，那便是天命所归。

陆压撑着脸，总觉得什么地方有些不妥，只是怎么想都想不起来，因此只是皱着眉头说道，"我和你们兄弟二人相交，并不是因为你们妖皇东皇的身份，天庭那地方我不会去，你们要统率万妖就统率去吧。"

他自己懒散惯了，才不想去那种地方受磨难。

"你若不愿，我自然不会强求。"帝俊在他旁边坐下，这么多天相处下来，他也知道陆压不适合留在天庭，"陆压道君不被外物束缚，如此甚好。"

陆压撇了撇嘴："你就笑话我吧。"

03

巫妖二族掌控天地，随着二族实力越来越强，双方的冲突也越来越多，陆压看过新出世的小金乌后回到西昆仑，不知为何心中一直发慌，和帝俊说了一声便开始闭关调养。

也许是他的修行出了问题，修为涨得太快而心境跟不上总是要有点麻烦，直到有一天，旸谷十日齐出，洪荒生灵涂炭，羿射九日，落为焦沃。

太阳宫中，妖皇帝俊颤抖着手扶着殿外的柱子，整个太阳星烈焰熊熊，大有连灰烬也焚烧殆尽的势头。

"巫族，杀子之仇不共戴天，你我二族从此不死不休！"

煞气四溢的声音在天穹炸开，所有生灵都惊慌地看着四周，不知道接下来又会有什么样的灾难。

陆压察觉到天地异象时猛然惊醒，然而到底还是晚了一步，只来得及将小金乌们的神魂收在红葫芦里，在听到帝俊暴怒的声音后慌忙带着仅剩的一只小崽子赶回天庭。

量劫将至，他不能眼睁睁看着帝俊太一送死。

帝俊神色冰冷，将活下来的小金乌安置好然后回到太阳宫，看着匆忙赶来的陆压眸光晦涩："量劫是巫妖二族的事情，与你无关。"

"我把其他小崽子的神魂救了下来，只要蕴养几万年就能痊愈，你们忍一忍，把量劫避过去好不好？"陆压急迫地将红葫芦送到帝俊面前，眉眼间满是焦急。

天道这次的手段太过明显，明显到谁都能看出用意，洪荒生灵皆是天道手下的棋子，明知道将来的结局，为什么还要与天相争？

帝俊薄唇紧抿，对陆压的话置若罔闻，他不单单是帝俊，还是统率妖族执掌星辰的妖族皇者："周天星斗大阵排演完成，十日后，集结所有妖神妖圣，与巫族决一死战。"

忍？如何忍？

妖族生来高傲，便是身死道消也不会屈辱地活着。

巫妖二族终归会有一战，打与不打都是一死，与其坐以待毙，不若拼上一把为妖族谋得一线生机。

陆压知道帝俊身为妖皇要顾及整个妖族，可巫妖二族实力相差无几，真打起来最大的可能就是两败俱伤。

"帝俊，你冷静些，周天星斗大阵一旦摆开，此次量劫就再也没有转圜的余地了。"

"不只周天星斗大阵，还有混元河洛大阵，我与太一全力相搏，十二祖巫未必能占上风。"帝俊负手而立，看陆压还想再说什么，直接衣袖一挥将人送回西昆仑，然后在太平宫外下了层层禁制，"巫妖二族的恩怨与你无关，无须你来插手。"

陆压在结界里面焦躁不安，火焰不停地攻击着外面的禁制，"帝俊！你放我出去！帝俊！！！"

结界之外，帝俊任陆压在里面嘶喊头也不回地离开了西昆仑，若他活着，待大战结束便会过来打来结界，若他身殒，结界便会自行消散，不管结局怎样，总能也保陆压和小金乌们的神魂安好无损。

妖皇陛下眸中满是桀骜与不甘，妖族统领天庭千万年，如今天道不容，他便与天相争。

04

陆压在帝俊走后不停地试图冲开结界，只是禁制太过牢固，他怎么攻击也没有任何裂缝。

十日之后，天地一片肃杀。

在妖皇和东皇的率领之下，万万妖族席卷而来，仰头看去黑云滚滚一眼望不到头，周天星斗大阵合周天三百六十五颗星辰之力，以太阳星和太阴星做阵眼，阵成之时足以颠覆洪荒。

巫族在地面繁衍千万年，十二祖巫实力强劲，也有不输周天星斗大阵的十二天都神煞大阵，二者相遇必定伤亡惨重。

陆压站在殿前，抚摸着斩仙葫芦的手控制不住地颤抖，阵法已成，他便是出去也无济于事，只能寄希望于妖族自己。

寂静之中，银发紫衣的道人悄无声息出现，看着神色恍惚的陆压淡淡开口："盛极必衰，巫妖二族强盛千万年，总归要走向衰落。"

巫妖终有一战，该陨落的人也注定要陨落，冥冥之中自有定数，强求不得。

陆压攥紧拳头，看着忽然出现的道祖冷笑道："道祖以身合道，难道不知未来如何？"

巫妖二族逃不过天道的算计，人族便能吗？

能威胁到天道的存在尽数陨落，接下来人族兴旺，待人族发展到如今日巫妖二族的盛况之时，天道便不会再放任他们继续发展。

银发道祖没有说话，他当然能看到未来的无限可能，然而以身合道并不代表就是天道，他能看到，却不能改变任何一种可能。

巫妖战至正酣，连西昆仑都受到了波及，若非有结界将太平宫隔绝，这里也难逃被巫妖血洗的下场。

鸿钧抬手在面前布下大面水镜，里面是正是指挥妖族冲杀的妖皇帝俊。

金袍染血的妖皇陛下依旧桀骜，身边巫妖死伤无数，阵法威力太大，巫妖二族实力相当，最终竟是选择了同归于尽，天地终于承受不住这巨大的威力，在阵法爆炸后直接破碎泯灭。

十二祖巫身殒，东皇太一身殒，妖神妖圣大巫更是所剩无几，最后一刻被河图洛书护住的妖皇陛下狼狈不堪，却是阵中唯一活下来的存在。

"天道不许妖族生存，我便毁了这方天地，令此后万族，皆无处容身。"

狠戾的声音在耳边炸开，大能在混乱中足以自保，弱小的生灵却只能随着洪荒破裂而魂归天地。

"疯了！真是疯了！"

陆压难以置信地看着浑身浴血的帝俊，不敢相信这是那个言笑晏晏和他讨论道法的妖皇帝俊。

鸿钧低声叹了一口气，抬手将破裂的洪荒修复，然后现身天外为这场量劫画上句号，"妖皇帝俊酿成大错，禁足于三十三天外，此后永不得踏入洪荒。"

帝俊擦去嘴角血渍，金色的眸子桀骜不驯，灿若星辰，看着忽然出现的道祖，大笑出声："禁足？有本事便直接杀了我！"

他纵横洪荒无数年，便是天道也无法强迫他，若非河图洛书自动护主，他此时已经随太一和众多妖族一同殒命。

陆压脸色苍白，只能看着被帝俊被鸿钧带走。感受到宫殿外面消失不见的禁制，他惨笑一声颓然倒下。

禁足？

以帝俊的性子，他会承受如此屈辱？

05

山中无甲子，寒尽不知年。

人间正是太平盛世，八百诸侯尽朝于商，陆压从东海回到西昆仑后依旧每日闲散，待到天下大乱之时方又出山。

商王原本坐享太平，在朝臣的提议下去女娲宫进香，见到女娲圣像色心大起，题诗亵渎惹恼了女娲娘娘，这才惹得四海荒芜。

漫江撒下钩和线，从此钓出是非来。

量劫悄无声息出现，短短几年便搅得天下大乱，西岐不堪其压迫，终于联合周边各个方国讨伐商国。

天命在周不在商，他要做的就是在西岐弱势的时候前去助其一臂之力。

举止散漫的红衣青年腰间挂着红葫芦，身下驾驭的云层被初升的朝阳渡上金光，四周甚至隐隐带着几分灼热。

他是离火之精化身，自生出灵智便飞出三界外、不在五行中，闲游五岳、闷戏四海，若非机缘巧合结识了太阳星中诞生的两只三足金乌，他如今依旧是西昆仑中逍遥自在的陆压散人。

云床沿着天河慢慢悠悠朝东海飘去，抬眼便是诸天星斗，陆压晃了晃腰间葫芦，看着头顶星辰轻声笑道："小崽子们，成败便在此一举了。"

红葫芦似乎能听到声音，在他手上蹭了蹭当作回应，而后又如寻常一般不再动弹。

碧游宫大门紧闭，蓬莱岛也比往常安静许多，金乌西垂，祥云环绕的宫殿笼罩在暮色之中，无端添了几分悲凉。

"谨闭洞门，静诵黄庭三两卷；身投西土，封神榜上有名人。"

陆压从云层上下来，看着宫门外贴着的两列大字，放出气息让里面之人知晓有客到来，等了一会儿不见有人应答，于是挑了挑眉，直接进了碧游宫。

从龙凤麒麟到巫妖二族，再到如今的三清，在天道的棋盘之下，万物皆为棋子，然而总有些不肯心甘情愿走向既定结局的家伙，明知天命却非要逆大而行，最后落得个凄惨的下场。

以通天教主的性子，极有可能和当年的帝俊太——般逆天而行，为了避免出什么差池，他还是亲自来一趟为好。

翠竹黄须白荀芽，儒冠道履白莲花；红花白藕青荷叶，三教原来总一家。

上次量劫巫妖二族为人族让出生存空间，两族伤亡惨重，如今劫数应在三清身上，即便不如之前几次惨烈，也好不到哪儿去。

封神榜内应有三百六十五度，分有八部列宿群星，这三百六十五里路正神大部分由三教所出。

老子只有一个徒弟，封神榜不会把他唯一的徒弟抢走，元始座下弟子皆是其精心挑选，也不会舍得让他们上封神榜，因此最终要添足人数，还是需要截教弟子。

蓬莱截教号称万仙来朝，碧游宫通天教主有教无类广开门庭，门下弟子数以万计，此次量劫与其说是针对三清，不如说是针对截教。

他在西昆仑化形，东昆仑便是三清道场，在三清成圣之前便是旧相识，后来老子通天搬离昆仑山，阐教玉虚宫才占据了整个东昆仑。

偌大一个碧游宫，此时只有通天教主一人坐在上方，陆压没有去管截教弟子都去了何处，只是正色神色弯腰见礼。

通天面无表情睁开眼睛，墨发黑眸竟比冰雪更冷："道君来我碧游宫有何贵干？"

"量劫将起，陆压身负旧友重托，势必要到量劫中走上一遭。"陆压从容应道，察觉到周身威压更重依旧面不改色，"到时若有得罪之处，还望教主海涵。"

通天冷冷勾起唇角，看着至今放不下上次量劫之事的红衣道君，不知道他们谁才更可怜："道君若非要舍下脸面以大欺小，留下截教弟子性命即可。"

封神榜名单已定，不管他如何愤怒如何反抗也无法再更改，圣人又能如何，在天道面前依旧只是蝼蚁罢了。

陆压抬眸看向上座的通天教主，他们自开天后生出灵智化形活到现在，对"天机"的感知远比前几次量劫要清晰。

留不留性命他说了不算，得看封神榜的意思。

"若必须得伤他们性命，待此次量劫结束，陆压愿用离火之种来补偿。"他是火内之珍、离地之精、三昧之灵，火种来自于他的本源火焰，对修为在他之下的修士皆有很大益处。

截教之中，修为在他之上的只有通天教主一人，所以到时不管被他所伤的是谁，对那人来说离火之种都是难得的珍宝。

通天抬手给自己倒了杯热茶，水雾蒸腾而上将他的神色氤氲得模糊不清，许久才声音喑哑道："再加上太阳精金，他们若只剩下神魂，重塑仙身需要耗费许多法宝，道君既然开口，那我便不客气了。"

陆压道君与昔年妖族两位陛下情同手足，太阳精金这种东西在洪荒中难得一见，太阳星中却遍地都是，对这人来说和本源离火一样容易取得。

"你要自己给他们重塑仙身？"陆压眉头一挑，看着似乎另有打算的通天教主压低了声音："入了封神榜后他们自会修炼回来，何须如此麻烦？"

"道君舍不得太阳精金？"通天扯了扯嘴角，看着殿中之人眸光微冷，"封神榜是何物道君应该清楚，自榜中修炼回来，他们还是我截教弟子吗？"

二哥觉得他截教散仙数以万计，舍弃几百个不算什么，可难道阐教弟子都是心头宝，截教弟子就能随便杀？

仙缘浅薄又如何，那些听他讲道才得以化形的弟子也是活生生的性命，合该被扔进封神榜束缚神魂？

若历劫的只有他们兄弟三人倒也罢了，可西方两位还要过来插上一脚，说什么佛门当兴玄门当衰，他通天偏偏不认命。

陆压看着这人和当年的帝俊太一十分相似的神情，明白这人必定不会袖手旁观，但还是开口劝道："圣人已经寿与天齐，量劫之中足以明哲保身，何必再做无用之功？"

"不争一下，怎么知道不会成呢？"通天放下茶杯，垂下眼帘淡淡开口，"重铸仙身是在量劫尾声之时，道君不必担心误了事。"

巫妖二族在天道的算计下十不存一，帝俊太一明知在劫难逃，依旧努力想要为族人求得一线生机，这人经历过当年那场量劫，应该明白他如今的想法。

陆压抿了抿唇，终归还是没有再说什么："到时我会将太阳精金和离火之种一起送来，希望教主不要食言。"

道祖已经插手量劫，只要三清没有反目成仇，西方二圣就讨不到好处。

他要的不多，只是在天道紊乱的那一刹那将帝俊救出来，仅此而已。

云层里面，陆压沐浴在日光之下，看着天边自巫妖大劫后日日东升西落不得停息的最后一只小金乌，唇角扬起满心皆是期待："此事一了，你们父皇就能出来了。"

即便他不再是妖皇，天庭也归了别人，但只要人好好的，小崽子们也能欢天喜地地庆祝了。

凡间战火蔓延，四海八荒尽数卷进兵燹之中，土地荒芜，生民涂炭。

陆压将该做的事情做完，直接带着斩仙葫芦去了紫霄宫，只等天机紊乱时由鸿钧出手将帝俊放出来。

银发道祖端坐于蒲团之上，看着底下喜色溢于言表的陆压，不知为何总有些心慌。

从开始到现在，事情似乎进行得太顺利了些，这很不正常。

天道不会允许有事情脱出祂的掌控——龙凤大劫、巫妖大劫，每一次都有人试图逆转天命，最终依旧是三族退隐巫妖衰亡，以天道往日的行事风格，不该如此袖手旁观。

鸿钧道祖闭上眼睛，再一次试图推测出天道潜藏在深处的谋算，他以身合道，本是最接近天道的存在，然而陷入劫数后也是被瞒得最紧的那个。

商王进香、女娲震怒、狐妖乱商、西岐起兵、三教卷入、通天闭关……

不对！通天！

银发道祖蓦然睁开眼睛，漆黑的眸中结着厚厚的冰霜，空荡的大殿如同寒风过境，惊得陆压绷紧了身子直接退到了殿外凛冽的罡风中。

陆压脸上笑意尽数消失，袖摆衣袂在风中飒飒作响，看鸿钧跟着走出紫霄宫心彻底凉了下来："你答应过我，会救他出来。"

鸿钧抿了抿唇，看着质问出声的陆压，最终只说出几个字："我尽力。"

陆压在风中踉跄了几下，颤抖着手去推算到底哪儿出了问题，许是已经有了定数，天道将遮掩的天机尽数释放出来，他们做的一切都清晰地摆在了眼前。

此次量劫，玄门衰，佛教兴。

若他们不插手，三教分裂，佛门东渡，周朝代商御民统率万邦，量劫中渡劫的皆为三教弟子，与圣人无关。

如今，女娲之外其他五位圣人，尽数亲身入劫。

陆压脸色煞白，看着当初对他承诺好的鸿钧道祖直接吐出一口鲜血："出尔反尔，这就是你们玄门！"

说完，也不管身后之人是何反应，直接御火冲入商国西岐两军阵前。

两军交锋截教弟子损失惨重，通天终于忍不下去，将之前答应的一切尽数抛之脑后，阵前祭出诛仙剑试图挽回危局。

圣人威压之下，陆压身形狼狈，却依旧令人无法轻视，冲天的离火席卷而来，整个大阵笼罩在火光之中，不管是截教阐教还是西方二圣，尽数落入烈火灼烧之中，惨叫声不绝于耳。

诛仙剑煞气四溢，剑气凛冽纵横，瞬息间陆压身上便多了无数伤痕，分不出那身红衣究竟是原本的红色还是被鲜血染红。

"通天，说好不会离开蓬莱，你为何言而无信？"

声音中恨意滔滔，甚至隐隐带了几分凄厉，他从上一个量劫等到现在，就为了等一个能将帝俊救出来的机会。

天地量劫有定数，巫妖大劫之后就只有封神之劫可以令天道放松警惕，现在全没了！

阵眼之中，通天教主黑衣冷肃，持剑而立杀意凛然："你要救人，我也是救人，帝俊的命是命，我截教弟子就合该去死？"

封神榜上已经有了那么多截教弟子的姓名，为什么还不满足，非要将他截教杀干净才肯罢休？

去西方当坐骑，呵，他截教弟子与天争与地争，日日修炼不肯松懈，让他们被西方那群家伙踩在脚下和扒皮抽骨有何区别？

上一次量劫早已结束，帝俊的命数已经定下，他不要离火也不要太阳精金，只要截教弟子好好留在蓬莱。

诛仙剑戾气暴涨，通天看着不躲不闪任由剑气侵蚀的红衣青年，神色冰冷道："你若不走，我连你一起杀。"

“杀我？”陆压将嘴角血迹擦去，离火和剑气撞在一起激起更大威力，他身后火光极盛，其中甚至隐隐出现一道三足金乌的虚影，“那便看你有没有这个本事了。”

　　英武神俊的太阳星灵在火焰中轻鸣展翅，金光熠熠甚至将圣人的气势都压了下去。

　　“够了。”冷清缥缈的声音忽然在耳边炸开，所有弟子慌忙俯身参拜，鸿钧道祖于祥云中现身，眉目冷淡看着几位圣人，然后带着伤势惨烈的执拗青年消失在阵中。

　　逆天而行，终究太难。

▶ 07 ◀

　　三十三天外，穿过层层罡风，便是圣人也不敢轻易踏足的禁忌之地，曾经与巫族共争天地的妖皇帝俊正是被囚禁在此处。

　　冷峻凛冽的妖皇陛下被金色符文环绕成锁链束缚在方寸之地，四周没有阳光，没有声音，只有亘古不变的黑夜。

　　太阳星中诞生的星灵最终却被囚禁于黑暗之中，何其讽刺。

　　陆压来到这个寂静无声的小世界时，帝俊正和之前的无数日夜一样盘膝打坐，察觉到熟悉的气息后蓦然睁开眼睛，金色的眸子燃烧着烈焰，却又迅速熄灭下去，最终只余下一片死寂。

　　眉浓似墨的冷峻青年神色冷淡，看着站在锁链外面的陆压，声音沙哑：“你来了。”

　　陆压张了张嘴，看着曾经统率妖族与天争锋的帝俊变成这般模样，心中酸涩，竟是什么也说不出口。

　　他很庆幸自己没有将小金乌们一起带来，他尚且无法接受帝俊如此，小金乌们更是无法承受。

帝俊看他来到这里后就沉默不语，静静地等了一会儿后低低笑了出声："失败了，对吗？"

陆压薄唇紧抿，藏在袖中的掌心被掐出深深的印记，即使万般不愿也只能狼狈点头："对不起……"

他原以为插手量劫能让眼前人逃出来，可步步算计下来最终什么也没有完成，他救不了妖族，救不了太一，也救不了帝俊。

"你能为妖族做到如此地步已经难得，错不在你，不必自责。"帝俊站起身来，眼尾一抹笑纹乍然浮现，又很快消失不见，金色的符文随着他的动作流动起来，莹润的光泽在黑暗之中漂亮得惊人。

越美的东西越危险，他在符文的限制下不能离开这方寸之地，甚至连和陆压触碰都无法做到。

妖皇陛下看着浑身笼罩在沉郁中的红衣青年，将手伸到一半又缩了回来，幽幽叹了一口气后温声说道："妖族没落乃天命所归，与天相争也是我们自己的选择，这些都与你无关，以后别再管那几个小崽子了，继续做你的陆压散人就好。"

"原本有机会成功。"陆压忽然开口，看着被禁锢在符文之中的妖皇陛下咬牙说道，"原本有机会成功，就在最后一刻……"

"陆压！"帝俊加重了语气，看着神色激动甚至口不择言的离火之精沉声道，"我再说一遍，这些和你没有关系。"

"你总是这么说！"陆压终于控制不住情绪，如蛆附骨的黑暗被灼热的火焰逼退，方寸间束缚在帝俊身上的符文更加耀眼，"你睁开眼睛看看，因为天道作梗，你以后永远都要被困在这个鬼地方了。"

"我纵横洪荒无数年，与太一一同建立天庭、统率万妖、执掌星辰，自问无愧于妖族。"离火光芒下更显锋芒毕露的妖皇陛下漠然开口，说起曾经时神色很是平静。

后来巫妖二族步入龙凤麒麟后尘，太一身殒，他也被困于此处不得自由。

天道无常，他虽有心逆天，却终究棋差一招，输了就是输了，他也不是输不起，举手投足气度非凡的妖族皇者眸中跳跃着纯净的太阳金焰，看着一步之遥的红衣青年扬起唇角："杀了我。"

　　陆压震惊地退后一步，难以置信地看着语出惊人的妖皇陛下，眼里的悲恸深切入骨："帝俊，小金乌们还在外面，你当真如此狠心？"

　　"妖族已经不需要妖皇了。"帝俊低声叹道，十二祖巫和太一尽数陨落，他与其一直待在这暗无天日的方寸之间，不若直接身死道消，也免得遭受这般屈辱。

　　至于小崽子们……

　　只有妖皇东皇尽数消失在天地间，他们才算真正的安全。

　　陆压深吸一口气，绷着身子在原地站了许久，再睁开眼睛依旧是那个潇洒张扬的昆仑散修。

　　他知道自己无法改变帝俊的主意，只是又深深看了他一眼，然后咬牙狠心转身飞入罡风之中。

　　巫妖大劫到封神大劫期间数十万年，这人一直被关在这暗无天日的地方，如今最后一次天地大劫已经结束，天道稳固，即便有鸿钧相助他也再无法将这人救出去。

　　和永远被关在这里不得自由相比，身死道消或许真的是种解脱。

　　烈烈红衣之后，帝俊有意不做抵抗，洪荒中最为霸道的两种火焰撞在一起，灼热的温度足以烧裂苍穹。

　　金色的符文在火焰之中愈发明亮，不知过了多久，方寸间徒留一片虚无。

◂ 08 ▸

　　天气晴朗，青天长空，浓郁苍翠之间，红衣青年闲散地走在山间小径中，感受着阳光的温热神情很是惬意。

附近修者府上的道童早早出来摘山果，青翠碧绿中一点金色很是显眼，背着背篓的小道童看到那人看过来，有些紧张地抓紧了背带："道长可是附近新来的修士？"

　　朗月清风般的俊美青年笑着摇了摇头："贫道闲游五岳，闷戏四海，吾乃野人也。"

‹‹ ▶　　END

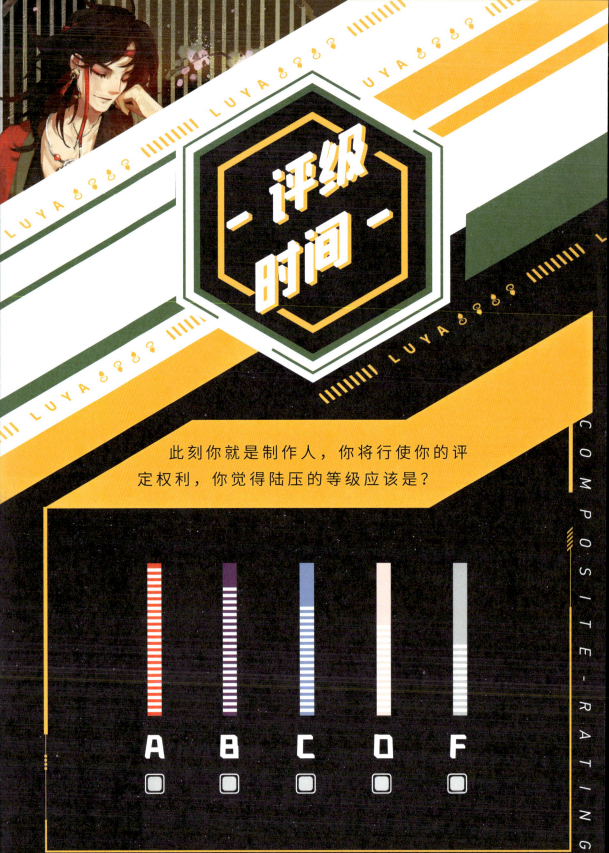

- 评级
时间 -

COMPOSITE-RATING

此刻你就是制作人，你将行使你的评定权利，你觉得陆压的等级应该是？

A B C D F

PICK ME PICK

终极选拔

经过漫长的角逐，
相信你心中已经有了最佳的成团人选，
快把你心目中的名单写下来吧~

Ace........

_____

Center........

_____

Top........

_____

Leader........

_____

IINGRIFENGSHEN MINGRIFENGSHEN MIN

RIFENGSHEN MINGRIFENGSHEN MINGRI

IFENGSHEN MINGRIFENGSHEN

PICK ME PICK ME

 #封神榜#　　分享　　申请主持人

阅读1.8亿　讨论2万

导语：中国明代古典神怪小说《封神演义》中由姜子牙执掌的宝物，用以分封天庭八部三百六十五位正神。

↑↑↑ 置顶

 截教门口扫大街的

#封神榜# 不约

收藏　　　转发8523　　　评论4586　　　点赞123329

 阐教食堂吃饭大妈

#封神榜# 嗯，天庭广招打工人，大家千万别信他画饼！快逃！

收藏　　　转发8532　　　评论5530　　　点赞102578

 修仙入门一级废人

#封神榜# 自己修仙不香吗？为什么要给人打工？！

收藏　　　转发8523　　　评论4586　　　点赞123329

#截教#

分享   申请主持人

阅读1.6亿 讨论2.1万

导语：中国明代小说《封神演义》中虚构的宗教，为通天教主所创。截是指洞悉天道的意思，又指截取一线生机。截教是三教中势力最大的派别，道义为道法自然，继承天人合一，享有"有教无类，万仙来朝"的美誉，因教中弟子多为兽禽异物修炼得道化形，所以常被阐教、人教称为不够正宗。

///////////

↑↑↑ 置顶

通天教主 VIP7

#截教# 😊

收藏   转发10325   评论82232   点赞1332564

⚠ #封神辟谣#平台，欢迎举报！

通天教主全球粉丝后援会：守护全世界最好教主！
11月12日16:12   回复 | 赞 78090

通天最帅不许反驳：守护全世界最好教主！
11月12日16:18   回复 | 赞 67425

通天座下最可爱弟子：守护全世界最好教主！
11月12日16:24   回复 | 赞 66723

🔍 微博搜索　　#封神词条热搜榜#　　搜索　　MINGRIF

#通天 元始#

阅读1.3亿　讨论1.8万

分享　　申请主持人

导语：封神原著中鸿钧道人（封神小说中的原创人物，道教记载中不存在）有三位弟子，分别是大弟子老子（太上老君）、二弟子元始天尊以及三弟子通天教主。因此在封神中，元始天尊与通天教主是同门师兄弟的关系。

⬆⬆ 置顶

我的cp必须锁死

#通天教主# 真是平平无奇师兄弟情

收藏　　　　转发8532　　　　评论5530　　　　点赞102578

只搞真的

#通天教主#　#全世界最好的教主#　#阐教#　所以爱会消失吗？

收藏　　　　转发5273　　　　评论1233　　　　点赞87563

#碧游宫#　　分享　　申请主持人

阅读1.6亿　讨论2.1万

导语：截教祖庭，通天教主的道场，其所在仙岛不明，只知位于东海，有金鳌岛与蓬莱岛两种说法。

//////////

↑↑↑ 置顶

通天教主
#碧游宫#

收藏　　　转发10710　　　评论85332　　　点赞1132564

⚠ #封神辟谣#平台，欢迎举报！

通天最帅不许反驳：教主我要当你徒弟！
11月13日11:17　　　　　　　　　　回复 | 赞87090

第一徒弟：教主我要当你徒弟！
11月13日11:20　　　　　　　　　　回复 | 赞63425

做梦进碧游：教主我要当你徒弟！
11月13日11:28　　　　　　　　　　回复 | 赞43785

追随通天：教主我要当你徒弟！
11月13日11:29　　　　　　　　　　回复 | 赞30552

#紫霄宫#

阅读0.8亿 讨论1.7万

分享   申请主持人

导语：有说法是鸿钧老祖的道场，因为鸿钧曾三次在此讲道；也有说法是紫霄宫为天道的大本营，混元圣人都在此，其位置在三十三层天外的混沌空间中。

↑↑↑ 置顶

紫霄宫官微

#阐教# 紫霄宫的风景特别美哦，欢迎大家来玩~（十二金仙，各路男神，修仙秘法随时可以向他们请教！）

收藏   转发5645   评论5522   点赞105324

哪吒是我家宝贝

#阐教# 放开我儿让我来！！！

收藏   转发3632   评论3158   点赞95532

灌江口杨家夫人

#阐教# 可以偶遇我男神吗？！

收藏   转发2632   评论2348   点赞85232

#帝俊#

分享　　申请主持人

阅读1.6亿　讨论2.1万

导语：中国古代神话传说中的上古天帝，出场于《山海经》。

↑↑↑ 置顶

一个无情的吃路瓜人

#帝俊#　帝俊老大，你和东皇太一到底是什么关系呀？

收藏　　　　转发8532　　　　评论5530　　　　点赞102578

哪里有帝俊哪里就有我

#帝俊#　帝俊是上古妖皇，本体是三足金乌，伴生法宝有河图、洛
书，他的弟弟是东皇太一，法宝是招妖幡和东皇钟，两个人是上古众
妖之首（这些都是洪荒流小说里的设定啦，大家随便看看就好）。

收藏　　　　转发7710　　　　评论4839　　　　点赞132564

帝俊头号铁粉

#帝俊#　拜托各位洪荒流有空多读读书（杜撰小说除外），尤其是
楼上的那位！

收藏　　　　转发7710　　　　评论4839　　　　点赞132564

🔍 微博搜索　　#封神词条热搜榜#　　搜索

#东皇太一#

分享　　申请主持人

阅读0.8亿　讨论1.7万

⚡⚡⚡⚡⚡⚡⚡⚡⚡⚡⚡⚡

导语：战国时期楚国百姓中所信仰和祭祀的天神，最早记载于屈原的楚辞《九歌》。

————————————————————///////////

↑↑↑ 置顶

太一编外母亲

#东皇太一# @帝俊

收藏　　　转发5632　　　评论3358　　　点赞115532

————————————————————///////////

哪里有帝俊哪里就有我

#东皇太一# 那我继续给大家科普洪荒流！在女娲大大还未造人之前，洪荒大陆上的生灵大多数不是妖族就是巫族，在第一次巫妖大战后，妖族掌天，巫族掌地，帝俊和太一就是这时妖族的老大啦！

收藏　　　转发5632　　　评论3358　　　点赞115532

————————————————————///////////

帝俊头号铁粉

#东皇太一# 多看《山海经》我说累了，他们不是一个时期的神啊！！！！

收藏　　　转发5632　　　评论3358　　　点赞115532

#阐教#   分享   申请主持人

阅读1.8亿 讨论2万

导语: 中国明代小说《封神演义》中虚构的宗教，为元始天尊所创。"阐者，明也"为阐明大道之教。

↑↑↑ 置顶

哪吒全球粉丝后援会

#阐教# @哪吒 阐教的排面必须给！

收藏　　　转发7523　　　评论3586　　　点赞113323

杨戬全球粉丝后援会

#阐教# @杨戬 排面走起！

收藏　　　转发6587　　　评论2233　　　点赞102584

黄天化粉丝团官微

#阐教# @黄天化 给你师门排面！

收藏　　　转发5677　　　评论2030　　　点赞102546

图书在版编目(CIP)数据

明日封神 / 星推官主编. —武汉:长江出版社,2020.11
ISBN 978-7-5492-7441-3

Ⅰ.①明… Ⅱ.①星… Ⅲ.①短篇小说-小说集-中国-
当代 Ⅳ.①I217.2

中国版本图书馆CIP数据核字(2020)第232006号

明日封神 / 星推官主编

出　　版　长江出版社
　　　　　　(武汉市解放大道1863号　邮政编码:430010)
选题策划　漫娱　於婷
市场发行　长江出版社发行部
网　　址　http://www.cjpress.com.cn
责任编辑　钟一丹
特约编辑　许斐然
总 编 辑　熊嵩
执行总编　罗晓琴
装帧设计　陈佳　黄容
插画绘制　酞青蓝
印　　刷　武汉市金港彩印有限公司
版　　次　2020年11月第1版
印　　次　2020年12月第1次印刷

开　本　710mm×1120mm　1／16
印　张　14.75
字　数　200千字
书　号　ISBN 978-7-5492-7441-3
定　价　42.00元